KB160485

땁땁한
대한민국에
외치다

답이
없습니다

임선일 지음

이담
Books

추천사

『답 없습니다』, 오랜 지인인 임선일 박사로부터 묵직하면서도 독특한 제목의 에세이 한 편을 받아들었다. 모두가 어려워하는 시기에 묵직한 것이 과연 어울릴까 하는 생각도 들었지만, 차분히 읽어나가는 사이 어느새 책의 끝 장에 도달해 있었다. 희망의 끈을 다시금 붙잡게 하는 마력이 있다. 희망이 필요한 이들에게 한 줄기 빛이 될 것이라 믿어 의심치 않는다.

前) 통일부장관/ 경기도 교육감 이재정

선진국 진입을 운운하는 오늘날 우리 한국 사회는 매우 지쳐 있다. 앞만 보고 돌진해왔던 사이에 그리고 양적 성장에만 매달려왔던 사이에 우리 내면은 고갈되었고 공동체는 무너져내렸기 때문이다. 임선일 박사의 이 글은 우리 사회의 바로 이러한 현실에 대한 고백이자, 그 고백을 통해 우리들의 힐링을 도모해 볼 수 있는 동기이다.

성공회대학교 교수 정해구

세월호 침몰사고로 온 나라가 슬픔과 분노에 싸여 있다. 시민과 국가는 서로의 의무와 책임을 다해야 함에도 대립이 심화되는 듯하여 마음이 불편하다. 정치인의 한 사람으로서, 이에 대한 사회적 책임을 통감하며 더 고민하고 노력해야겠다 다짐했다.
정신없이 살아가는 일에만 몰입할 수밖에 없는 우리와, 우리들의 사회에 『답 없습니다』는 잠시나마 현재의 자화상을 진지하게 돌아보게 해 주는 계기가 되었다.

국회의원 전해철

머리말

세월호 참사로 머릿속이 하얗습니다.

지치고 힘들고 짜증 나는 세상살이를 독자들과 공감하며 살아갈 힘을 나누기 위해 글을 썼지만 죽어가는 아이들을 위해 아무것도 할 수 없는 무기력함이 더 자괴감에 빠져들게 합니다.

고백하자면 이 책은 그리 대단한 책이 못됩니다. 길지 않은 삶을 살아오면서 느끼고 보고 생각했던 나의 개똥철학과 주변인들의 사소한 이야기입니다. 누구나 쓸 수 있을 만한 글이며 우리 주변 사람들의 공통된 이야기이기도 합니다. 다만 글을 쓸 수 있는 조건이 내게 허락되었기 때문에 정리를 한 것에 불과합니다.

그동안 한국사회는 기이하게 이식된 자본주의가 신자유주의로 발전하면서 우리가 가지고 있던 고귀하고 품위 있는 내면의 모습들을 잃어버린 채 경제성장 제일주의에 내몰리면서 경쟁과 대립 속에 살아가는 일이 당연하게 여겨졌습니다. 하지만 그 속에서도 이러한 사회체제를 비판하고 개혁하려는 선지자들의 노력은 실로 대단했습니다. 그들 덕분에 지치고 힘든 세상살이에 위로와 희망을 얻기도 했습니다. 그러나 우리 사회의 구석구석에서 지침을 이겨내고 좋은 미래를 만들기 위해 보이지 않는 노력을 기울였던 사람들은 매일 우리가 마주치는 '시민'이었습니다. 부디 이 졸작에서 저와 시민이 공감하는 부분이 한 군데라도 있기를 소망합니다.

　권력도 없고 돈도 없어서 세상 풍파에 고스란히 당하기만 해야 하는 저와 '존경하는 시민'들께 이 졸작을 헌정합니다.

2014년

임선일

CHAPTER

02

사람과의 관계?
하기 나름

CHAPTER 03

사회적 관계의
공허함

CHAPTER

우리 사회가
암울하다

CHAPTER

01

내가 지친다

'지침'의 메커니즘

사람의 삶은 다양한 감정의 복합적 교차 속에서 이루어진다. 만약 인간에게 하나의 감정만 있다면 그것이야말로 끔찍한 일이 아닐 수 없다. 그러나 항상 즐겁고 행복한 감정만을 향유할 수는 없으며 오히려 슬프고 아프고 힘들고 고통스러운 감정을 더 많이 경험하게 된다. 이러한 감정은 때때로 분노로 변화하기도 하는데, 분노의 표현 양식은 사회적으로 바람직하지 않은 현상으로 나타나기도 한다. 이처럼 불편한 감정과 상황의 끝에서 나타나는 자괴적 감정이 '지침'이다. 현대인은 단순한 생활 패턴을 가지고 있던 과거와는 달리 더 많이 지칠 수 있는 조건을 가지고 있다.

우리가 느끼는 '지침의 감정'은 생각보다 단순하지 않다. 삶 속에서 스스로 지치기도 하고 사람과의 관계 속에서 타인에 의해 지치기도 하며 내가 타인을 지치게 할 수도 있다. 더 확장하면 사회 구조에 의해 지침을 경험하기도 한다. 이처럼 '지치는 상황'이 다양한 만큼 우리의 삶은 더 고달프고 힘들다.

포털사이트에서 '지친다' 또는 '지침'을 검색해 보면 끝도 없이 지치는 사람들을 마주하게 된다. 지치는 이유도 다양한데 일이 힘들어서 지치는 사람, 관계가 힘들어서 지치는 사람, 몸이 아파서 그 치료에 투여되는 시간과 돈이 한정되지 않아 무작정 지치는 사람들……. 무엇이 우리를 그리도 힘들고 지치게 하는지 지치는 이유는 끝도 없다. 그러나 '지침의 본질'은 피상적으로 나타나는 현상에 의한 것만은 아님이 분명하다. 왜냐하면, 그 모든 현상이 살아가는 과정 속의 모습이기 때문이고 반드시 나쁜 일이 생길 때만 지치는 감정이 생기는 것은 아니라는 점이다. 다시 말하면 삶 자체가 지치는 일이다.

이러한 지침은 우리로 하여금 '힐링'할 수 있는 무엇인가를 찾게 하는데 사람마다 그 방법은 다양하다. 그러나 각자 힐링하는 방법은 다르지만, 현대인은 누구나 위로를 받고 싶어 하는 것만은 분명하다. 사람에 따라 지침의 공간을 탈출하거나 해소할 수 있는 방법을 통해 다시 살아갈 힘을 얻는다.

먼저, 우리가 스스로 지치고 힘든 감정을 갖게 되는 데는 좀처럼 벗어날 수 없는 경제적 곤궁과 같은 물리적 원인과 사람과의 관계 설정에서 어려움을 겪으면서 생기는 정신적 원인이 있을 수 있다. 그런데 경제적 곤궁에 의한 지침은 본인이 성실하게 노력하면 어느 정도 벗어날 확률이 있다. 다만 경제적 풍요의 기준을 잘 설정해야 한다는 조건이 있지만 말이다. 그러나 사람과의 관계에서 경험하는 지침은 세월이 흘러 나이를 먹어도 항상 발생하며 개선되지 않는 경우가 있다. 사람과의 관계 속에서 발생하는 지침은 말 그대로 수백

수천 가지가 있으며 해결할 수 있는 방법도 경우마다 다르다. 그러나 기본적으로 본인이 변화하지 않는다면 그 관계는 영원히 힘들고 지칠 수밖에 없다. 타인과의 관계설정에 대한 깊은 성찰과 자신을 객관적으로 평가하고 솔직하게 인지하는 성찰이 선행된다면 타인과의 관계 속에서 발생하는 스스로 지치고 힘든 감정은 생각보다 많이 흐려질 수 있다. 가만히 생각해보면 우리는 우리 자신을 지치게 하는 원인을 자기 이외의 곳에서 찾고 규정지으려는 습성이 있다.

두 번째로 누군가에 의해 일방적으로 지침의 감정을 느끼는 경우가 있을 수 있다. 이는 지속적이고 연속적인 어떤 경험에 의해서 발생하는데, 직장의 상사나 동료와 같이 자주 접촉하는 사람들과의 관계에서 나타나는 것이 일반적이다. 사람은 관계 형성을 하면서 상대방에 대해 일정한 기대를 하게 된다. 그런데 이러한 기대가 실망으로 나타나거나 그 기대에 부응하지 못하면 지치게 된다. 예를 들어 직장의 상사에게 사회 경험이 많은 선배로서의 조언과 편안한 안식처의 역할을 기대하고 있는데 그 반대의 상황만 반복된다면 우리는 그 상사로부터 지친 감정을 선물(?) 받게 되는 것이다. 이 같은 경우 또한 헤아릴 수 없을 만큼 다양한 사례가 있을 수 있다. 대부분 이러한 상황을 벗어나기 위해서는 나와 상대방의 적절하고 적극적인 노력이 필요하다. 다시 말해 공동의 노력으로 해결해야 할 경우가 많다.

마지막으로 우리가 살고 있는 사회구조가 우리를 힘들고 지치게 하는 경우가 있을 수 있겠다. 우리가 살고 있는 사회는 생각하는 것처럼 민주적이지도 않으며 오히려 비정상이 정상인 것처럼 보여주기 위해 노력하는 괴물처럼 보인다. 우리나라의 경우만 보더라도 사회지도층의 비리에 대한 관대함, 부정부패의 악순환에 대해 자기를 내려놓는 지도자는 보이지 않는다. 평범한 대중들은 그들의 **뻔뻔한** 행태에 분노하다가 지치고 만다. 아무리 발버둥 치며 답답하고 비정상적인 이 사회구조를 바꾸려고 해도 이미 공고화된 구조물은 더 이상 바뀔 생각이 없다. 지쳐가는 사회 구성원들을 보며 잔인한 사회구조가 웃고 있을지도 모를 일이다. 오히려 우리에게는 살아남기 위한 생존 투쟁만이 종교처럼 신성시되어 버리고 말았다. 그러나 다행스럽게도 이러한 비정상적 사회구조에서 오는 지침의 상황을 극복하기 위한 작은 움직임들이 나타나고 있으며 일부는 성공을 거두기도 한다.

지쳐 있는 우리는 반드시 마음의 치료를 받아야 하고 치료를 통해 생성된 백신 바이러스를 더 많은 곳에 퍼뜨릴 의무와 책임이 있다. 이렇게 해야 우리 모두가 행복해질 수 있기 때문이다.

나는 이 책에서 우리가 경험하는 다양한 지침의 상황과 이를 극복하는 방법에 대한 내 짧은 소견을 피력하고자 한다. 많은 반론이 있겠지만 이를 통해 우리 안의 지쳐 있는 마음에 대한 고민과 성찰을 할 수 있는 계기가 되었으면 더 바랄 것이 없겠다.

가끔, 외로울 필요가 있다

가족과 친지와 함께 마곡사 근처의 작은 펜션에 왔다. 다른 사람들처럼 여행을 왔다면 좋았겠지만 그렇지 못해 스스로 유감스럽다. 나를 태워준 사람들이 돌아가는 모습을 보며 왠지 모를 서글픔과 처연함이 가슴에 밀어닥친다. 다행히 풍광도 아름답고 거기다가 월세도 저렴한 방을 구해서 다행이다 싶어 바보처럼 빈 웃음을 실실 날리는 나를 보니 참으로 한심하다는 생각을 했다.

지방에서는 제법 유명한 명문고를 졸업한 나는 가정 형편 때문에 가고 싶은 대학은 꿈도 못 꾸고 장학금을 받을 수 있는 삼류 대학을 택했다. 그곳에서 어렵게 석사 학위까지 받았고 이주민을 대상으로 하는 시민단체에서 활동가로 일했다. 아시는 분은 아시겠지만 '참여연대'나 '경실련'과 같이 규모가 큰 시민단체는 영세한 시민단체에 비해 업무 영역의 분업화도 정확하고 재정 형편도 좋은 편이다. 그러나 대부분 시민단체는 후원금도 적을 뿐만 아니라 운영 체계도 명확하지 않기 때문에 활동가의 사명감과 신념에 의해 운영된다고 해도 과언이 아닐 것이다.

필자가 활동했던 단체도 마찬가지였지만 열악한 근무환경임에도 불구하고 치열하게 활동했던 기억이 새롭다. 햇수로 4년을 시민단체에서 활동하다가 조금은 늦은 나이에 다시 공부를 시작하기로 하고 대학원 입학을 결정했는데, 이 같은 결정을 하게 되었던 단 한 가지 원인은 '이렇게 일하다가는 죽을 수도 있겠다'는 자각 때문이었다.

실제로 소규모 시민단체는 하는 일에 비해 처우가 매우 열악하며 단체의 장이나 관리책임자는 활동가의 이러한 상황을 어쩌면 당연하게 여기는지도 모른다.

돌이켜보면 운 좋게 박사과정에 입학한 것도 과분한데 좋은 선생님들과 함께 공부할 수 있었던 것도 나름 행운이었다고 생각한다. 대학에 다닐 때는 초등학교, 중학교, 고등학교 시절이 그리웠다. 돌아보면 그리 행복했던 학창 시절도 아니었건만, 사람은 지나온 자기 과거를 미화하고 싶은 욕구가 있는 모양이다. 지금 가만히 돌이켜보면 대학원에서 치열하게 공부하고 토론하던 그 시절이 그립기만 하다. 그래 봐야 개똥철학에 설익은 학문적 기반을 가지고 원우들과 심각한 척 논쟁을 했지만, 그때는 그래도 되는 시간이었다. 더 중요한 사실은 박사 학위를 받으면 무언가가 될 수 있을지도 모른다는, 막연하지만 작은 희망 같은 게 늘 머리 위를 떠다녔다.

과분하게도 박사학위를 받았고, 그동안 내가 등쳐먹었던(?) 아내와 본의 아니게 희생을 강요받았던 두 아이는 무척 기뻐하며 축하를 해 주었다. 그러나 몇 년 되지 않는 시간 동안 멀고 먼 길을 돌고 돌아 나는 다시 한 번 아내의 등을 쳐 먹으며 글을 쓰는 처지가 되었고 벌써 고3이 되어 버린 큰 딸아이는 대학 수시 전형 결과를 무심한 듯 시크하게 기다리고 있다.

　나는 일류 대학을 나오지도 못했고 그 흔한 유학파도 아닐 뿐만 아니라 한국사회의 주류에 편입되어 본 적도 없다. 대학을 졸업하고 회사에 잠시 근무했던 경험을 제외하면 이주노동자, 다문화 가정, 돈 없고 가난한 대학원생, 서울역 노숙자, 혹은 주류에 편입되었다가 은퇴한 이들, 사회와 역사에 순응하지 않으려는 까져(?) 버린 대학생과 같은 사람들만 줄기차게 만났다. 아! 물론 이 글을 쓰기 얼마 전까지만 해도 이 사회의 주류 계급을 잠시 접할 기회가 있었지만 그리 좋은 기억은 아니다. 결국, 내 팔자는 '삼류인생'인 거다.

남들은 이런 사람이 글을 쓴다는 사실이 우습게 보일지도 모른다. 그러나 가족과 내가 알고 있는 인적 네트워크를 떠나 철저하게 외로운 시간을 보내면서 나 자신을 반추해 보고 동시대를 살고 있는 다른 사람과 나의 역사적·사회적 지평을 가늠해보고 싶었다.

살아간다는 사실이 아프고 괴롭고 고통스러우며 너무 지쳐서 탈진 상태 일보 직전인 나와 우리들의 상황에서 '그럼에도 불구하고' 희망은 있는가를 고민해보고 싶다. 어느 날 갑자기 태화산 자락의 마곡사 근처에 내팽개쳐진 지친 자의 노래는 나 혼자만의 독창회는 아니다.

세상이 나를 알아주지 않는다

비록 의가사제대로 병역 의무를 마치긴 했지만, 아무튼 무사히 국민의 의무를 다하고 학교에 복학했다. 혈기왕성하던 그때는 대학을 졸업만 하면 내가 원하는 일은 무엇이든지 될 것만 같았다. 여기저기 입사원서를 제출할 때만 해도 어디를 가야 할지 혼자 고민에 빠졌었다. 물론 입사원서를 제출한 회사에서는 당연히 나를 선택하리라는 가정하에서였다. 그러나 현실은 늘 생각과 다르다. 세상에는 내가 생각한 것보다 훨씬 똑똑하고 잘난 놈이 많았던 것이다. 나름 학점관리도 하고 입사 준비에도 최선을 다했지만 대부분 연락이 오지 않았다. 나름 성실하다고 자부하고 있었고 무슨 일이든 잘할 수 있는 능력이 있다고 생각했는데 다른 사람의 눈에는 그렇게 보이지 않았던 모양이다. 그래 봐야 나를 뽑아주지 않은 회사가 손해라고 스스로 위로를 해 보았지만, 그 좌절감은 이루 말할 수 없었다. 그래도 난 한 회사에 입사했고 오래 다니지는 못했지만 얼마 동안 밥을 벌어먹었다. 같이 졸업했던 친구들도 대부분 일자리를 찾았다. 요즘의 대학 졸업생들에 비하면 행복했던 시절이었다.

2013년 대한민국의 청년실업은 심각한 수준을 넘었다. 대학 졸업생 10명 중 4명이 실업상태에 놓여 있으며 3년 동안 일자리를 구하지 못한 장기취업 준비생도 25만 명이 넘는다는 통계가 발표되었다. 여기에 세대 간의 일자리 경쟁이 더해지면서 한국사회는 희망이 잃어버린 청년들로 넘쳐나고 있다. 아마도 짐작건대 옛날의 나와 같은 생각을 하는 청년들도 많을 것이다.

'나는 성실하고 능력도 있는데 왜 나를 몰라줄까?'

옳다! 당신은 능력도 있고 성실하다. 다만 아직 당신의 능력을 필요로 하는 곳과 연결이 되지 않고 있을 뿐이다. 그렇다면 앞으로 무엇을 어떻게 해야 하는가? 이 질문에 대한 정답은 누구도 정확하게 말할 수 없다. 도식적으로 말한다면, '열심히 준비하고 기다리면 기회는 올 것이다' 또는 '당신이 좋아하는 일을 해라'일 것이다. 그러나 이는 강아지가 풀 뜯어 먹는 소리에 불과하다. 만약 나에게 좋아하는 일을 하라면, 그래서 내 자아를 실현할 수 있고 먹고사는 데 아무런 문제가 없다면 난 그냥 일을 하지 않고 먹고 놀고만 싶다. 그러나 청춘에게는 부모님의 기대와 미래가 있다면 나 같은 중년에겐 가족이 있다. 먹고 노는 건 그저 상상 속에서만 가능한 일일 뿐이다. 중세 유럽에서 노동은 신이 인간에게 부여한 신성한 행위로 규정되었던 적이 있다. 막스 베버에 의해 규정된 이러한 논리는 그동안 노동 행위를 정당화시키며 한편으로는 노동자를 착취하는 데 악용되었다. 노동은 결코 신성하지도 않고 즐겁지도 않다. 다만 죽지 못해 살아가야 하는 나약한 인간이 생존을 하기 위한 하나의 방편일 뿐이다.

대학생 때 경기도 오산으로 취업을 나간 적이 있다. 돈을 벌기 위한 것이었는지 아니면 노동자들 속으로 들어가 그들과 함께 노동현장을 개혁하기 위한 것이었는지 지금은 잘 모르겠다. 그 공장은 삼성전자에 부품을 납품하는 회사였는데 지리산 골짜기에서 태어나 살다가 그곳까지 흘러온 형을 한 명 만났다. 형은 뇌성마비 장애를 가지고 있었는데 그런 몸으로 작은 전자제품을 조립한다는 것은 내가 보기에도 놀라운 광경이었다. 어느 날 형의 자취방에 모여 큰 대접에 소주를 나누어 먹었다. 그날 나는 형에게 왜 고향 떠나서 고생을 하냐고 물었고 형은 예의 그 어눌하지만 울먹이는 목소리에 내게 말했다.

"사…… 살아……야지…… 그래도 먹고 사……살아야……지. 거어……기 지리……지리……산에는 할 게…… 없다……."

형은 부자연스러운 몸 때문에 힘든 농사는 지을 수가 없었다. 그래도 전자 부품 공장은 앉아서 한 가지 작업만 몰두하면 컨베이어 벨트의 속도에 맞출 수는 있었던 것이다. 물론 몸은 지치고 힘들지만 일을 할 수 있다는 사실만으로도 행복해하는 사람들이 그곳에 있었다. 세상을 살면서 몸이 지치는 일은 어쩌면 당연한 일이다. 사람의 몸도 기계와 비슷한 측면이 있는데 자주 사용하면 고장이 나는 법이며 반대로 너무 사용하지 않으면 녹이 슨다. 그러나 지친 육체는 충분한 휴식이나 현대 의료 기술을 이용하면 회복이 쉽게 되지만 마음이 다치거나 지치는 경우에는 쉽사리 회복되지 않는다. 내가 일했던 그 공장에는 몸은 지치고 힘들어도 마음만은 지치지 않는 삶을 살려고 하는 사람들이 일하고 있었다.

사람은 누구나 좋아하는 일만을 할 수는 없다. 나는 놀고먹는 일이 좋은데 그럴 수는 없는 노릇이고 어떤 취업준비생은 책상에 앉아 여러 대의 모니터를 보며 환율이니 증시를 예측하고 시장에 개입하는 일을 하고 싶지만 그러지 못하는 경우도 있을 것이다. 예전에 어떤 명사 분이 했던 말이 생각난다. 좋아하는 일을 하면 된다고…… 그러면 성공한다고 했다. 그런데 누구인들 좋아하는 일을 하고 싶지 않겠는가? 다만 하고 싶어도 할 수 없어서 못 하는 것 아니겠는가.

나는 내가 전자부품 공장에서 만났던 형의 삶에서 배운 점이 있었다. 사람은 좋아하는 일만 선택해서 할 수는 없다. 가장 잘할 수 있는 일을 선택해서 하는 것이 최선의 선택이며 마음의 지침을 최소화할 수 있는 방법 중의 하나다. 그 형은 뇌성마비임에도 불구하고 냉장고 부품을 끼우는 일을 잘했다. 형이 가지고 있는 태생적 조건은 비장애인인 우리보다 좋지 않았지만, 자신의 힘듦과 지침을 그렇게 극복하고 있었다. 그는 자신이 가진 삶의 조건에 억눌려 분노하고 지치기만 하는 비장애인보다 훨씬 더 훌륭한 내면적 성찰을 이미 한 사람이다.

만약 모든 사람이 공부만 해서 의사나 판·검사, 교수만 된다면 공장의 기계는 누가 돌리며 시외버스는 누가 운전할 것인가? 하는 일에 대한 보수가 적어 삶이 팍팍하고 사는 게 지겹고, 현대인이라면 누구나 한 번쯤은 경험하는 자살 충동을 경험할지라도 하고 싶은 일보다는 자기가 가장 잘할 수 있는 일을 찾는 것이 훨씬 현명하다. 원래 사람은 타인을 인정하는 데 인색하기 때문에 다른 사람에게 인정받는 것은 중요하지 않다.

나는 글을 잘 쓰지 못하는 사람이다. 그런데 내가 잘할 수 있는 일은 이것밖에 없다. 체력이 약하니 몸을 쓰는 일을 할 수도, 일류대학을 나오지 않았으니 내가 가고 싶은 대학에 교수로 가기도 어렵다. 그러나 몇 년 동안 장르를 넘나드는 책을 출판했던 일을 돌아보면 그나마 내가 잘할 수 있는 일이 이것이다 싶다. 비록 베스트셀러는 되지 못했고 들어앉아 머리를 쥐어짜는 일을 좋아하지는 않지만 내가 가장 잘할 수 있는 일이기 때문이다.

원하는 직업을 갖기는 매우 어렵다. 본인이 가장 잘할 수 있는 일이 무엇인지 고민하고 결정지어야 미래가 편하다.

나만의 멘토를 만들어라

JJ 신부님께

신부님 언저리에서 뵈어왔던 시간이 벌써 수년이 흘렀습니다.

그동안 많은 사람을 만나보고 교류하고 소통하며 때로는 반목도 해 보았습니다만 그 모든 사람을 모아다가 신부님의 그릇에 담아도 빈 공간이 보일 듯합니다. 신부님의 삶이 워낙 스펙터클한 측면이 있어서 대화를 나눌 때면 녹취를 하고 싶은 마음이 굴뚝 같았습니다. 연구를 하는 사람의 어쩔 수 없는 본능과 같은 것이라 생각합니다. 이런 제 의견을 말씀드렸더니 기꺼이 허락해 주셨는데 이제는 개인적인 사정으로 인해 더 이상 가까이에서 모실 수 없어서 안타까웠습니다.

가장 기억에 남는 이야기는 역시 참여정부 출범에 관한 이야기였습니다. 그 당시 노무현 후보와 통합을 결정했던 정몽준 씨가 합의를 파기하던 날 밤, 언론에서는 특보 형식으로 앞다투어 그 상황을 중계하고 있었습니다. 저 역시도 '이런 젠장할!'을 외치며 소주를 먹었던 기억이 납니다.

그날 밤 정몽준 씨 집 앞에서 처연하게 돌아섰던 노무현 후보를 본 장면까지가 저뿐만이 아니라 이 땅의 대부분 국민이 보았던 화면이었습니다. 그런데 그 이후의 이야기를 신부님께 듣게 되었던 것입니다.

그날 밤! 정몽준 씨 집 앞을 떠난 노무현 후보가 명륜동 자택으로 돌아가고 신부님과 또 다른 한 분이 새벽 3시까지 정몽준 씨를 면담하기 위해 기다렸지만 결국 만나지 못하고 급하게 명륜동 자택을 찾았다고 하셨습니다. 집안에는 정치권의 원로들이 사태 수습을 위해 이미 진을 치고 있었고 노무현 후보는 보이지 않았지요. 사모님께서 노무현 후보님은 잠자리에 드셨다고 했지만, 원로들의 요구로 잠을 자던 노무현 후보가 잠옷 바람으로 터덜터덜 거실로 나와 하는 말씀에 신부님께서는 깜짝 놀라셨다고 하셨습니다. 사태 수습을 위한 방법을 왁자지껄하게 논의하고 있는 사람들에게 하시는 말씀이,

"왜들 이 밤중에 집에 안 가시고 여기를 오셨습니까? 여러분들하고 정치 못 하겠습니다. 할 만큼 했고 이제는 결과를 기다리면 되지 않겠습니까?!"

이 이야기를 하시면서 호탕하게 웃으시던 신부님 얼굴이 아직도 눈에 선합니다. 그렇게 배짱 있고 통 큰 양반이었다고 추억하시는 모습에서 왠지 모를 짠함과 그리움이 느껴졌습니다. 저는 신부님께서 더 평화로운 노년을 보내시기를 빕니다. 요즘 100년사 집필에 진력을 쏟고 계신다고 들었습니다. 너무 무리하시지 않았으면 좋겠습

니다. 제가 신부님 곁에 있을 때는 모시고 운동하는 시간이 큰 즐거움이었는데 지금은 그러지 못해 이 또한 안타깝고 그립습니다. 틈틈이 운동은 하고 계신지요?

신부님!

그동안 신부님을 통해 사람을 대하는 태도와 예의를 배웠고 사회를 바라보는 공정한 시선과 모든 인간에 대한 평등한 사랑에 대해서도 몸소 보여 주신 바대로 깨우치고 있습니다. 특히 제가 신부님 곁에서 크게 배운 점은 세상을 바라보는 일의 크기였습니다. 비록 작은 체구지만 일을 만들고 추진하시는 규모는 감히 상상을 초월할 정도였습니다. 저로서는 상상도 하지 못할 일들을 생각하고 구체화하시는 모습은 그야말로 '작은 거인'이라 아니할 수 없습니다. 허락하신 적은 없으시겠지만 제 삶의 멘토로 계셔 주셔서 얼마나 다행인지 모르겠습니다. 늘 건강하셔서 저희 곁에 오랫동안 있어 주십시오.

나보다 앞서 인생을 살아간 사람들의 경험을 전수받는 일은 큰 행운이다. 이러한 삶의 경험은 가정에서 부모가 자식에게 물려주는 일이 일반적이다. 그러나 모든 가정의 부모님이 우리에게 삶의 철학이나 경험을 알려 줄 수는 없다. 불행하게도 인생에 관한 깊은 성찰과 경험을 가진 부모님은 생각처럼 많지 않은 게 사실이다. 결국, 우리가 살아가면서 겪는 고통, 아픔, 상처, 어려움, 괴로움 등을 이해하고 조언해 줄 수 있는 멘토는 우리의 삶에 평화와 빛을 보여주는 존재다. 선생님도 좋고 선배도 좋다. 종교가 있다면 종교인도 좋다. 누구든 한 명이 삶의 멘토가 되어 준다면 그때부터 든든한 '마음의 빽'이 생기는 것이다. 멘토로 결정한 사람에게 반드시 이 사실을 알릴 필요도 없다. 고백하자면 나 역시 JJ 신부님께 나의 멘토가 되어 달라고 부탁드린 적도 없으며 그분 역시 내가 마음속에 멘토로 여기고 있음을 아시지 못하리라 생각한다. 이처럼 삶의 나침반이 되어 주는 분들이 많아도 되고 나처럼 한 분만 계셔도 좋다. 상대방이 그 사실을 알아도 좋고 몰라도 된다. 살다가 힘들고 외롭고 짜증 날 때 찾아갈 수 있고 내 지친 마음을 보여주고 조언을 받을 수 있는 사람이 있다는 것 자체가 큰 행운이기 때문이다.

05

개그맨 남희석,
신촌블루스 엄인호 선생

사람이 살다 보면 남에게 신세를 지는 일이 생기게 마련이다. 나 역시도 무수한 사람에게 신세를 졌고 그 빚은 마음속에 늘 남아 있다. 사람을 웃기는 직업인 개그맨 남희석 씨와 가수 엄인호 선생도 내 마음속에 깊은 부채를 남긴 사람들이다.

세대도 다르고 연예계에서의 활동 영역도 다른 두 사람은 내가 활동했던 시민단체의 홍보대사로 위촉되면서 나와 인연을 맺었다. 물론 지금은 시민단체 활동을 그만둔 지도 10여 년이 지났기 때문에 통화를 하거나 만날 일은 없지만, 그때의 고마움을 잊을 수가 없다.

어느 날, 사무실에 울리는 전화벨 소리에 무심히 전화를 들었다.

"안녕하세요. 저 개그맨 남희석인데요. 임선일 국장님 계신가요?"

이렇게 시작된 남희석과의 인연은 내가 단체를 그만둘 때까지 이어졌다. 내가 일을 했던 시민단체는 네티즌들이 그렇게도 미워(?)하는 이주민 지원단체였다. 그 당시만 해도 지금처럼 이주노동자의 인권이나 노동권이 보장되지 않던 시절이었다. 매일 얻어터지고 월급 떼이는 외국인들로 사무실은 눈코 뜰 새 없이 바빴다. 시민의 관심도 없었고 일만 산더미처럼 쌓이는 사무실에 유명한 연예인이 전화를 한 것이다.

희석이가 전화를 건 그날 우리는 신촌에서 바로 만났는데 의기가 투합됐고 형, 아우로 호칭하기로 술김에 약속해 버렸다. 희석이는 필리핀에 촬영을 갔다가 한국어로 내뱉는 쌍욕을 듣고 충격을 받아 민간사절로서의 역할이라도 하고자 하는 고마운 마음을 가지고 있었다. 그 후 다문화 가정의 난치병 아이와 공장에서 다리가 부러진 외국인의 치료비를 비롯해 여러 가지 도움을 팬클럽 회원들과 함께 해 주었다. 오래전 일이지만 바로 어제 일처럼 생생하다. 희석이와 그의 팬클럽 회원들의 도움으로 인해 치료받고 위로받은 모든 이주민을 대신해 다시 한 번 고마움을 전한다. 특히 팬클럽의 회원이면서 희석이의 군대 시절 고참이기도 했던 김은석은 나중에 내 제안을 받아들여 이주민 지원단체에서 시민활동가로 활동하기도 했다.

엄인호 선생은 <골목길>을 히트시킨 신촌블루스의 리더다. 내가 그분을 처음 만난 곳은 신촌의 독수리 다방이었다. 지금은 없어졌지만, 신촌이나 홍대에서 예술을 하는 사람들이라면 한 번쯤은 들러 보았음 직한 곳이다. 그 당시 내가 엄인호 선생을 만났던 이유는 센터에서 주최하는 일일 호프에서 노래를 불러 달라는 부탁을 하기 위함이었다. 물론 출연료는 재능기부 형식의 노개런티였다. 지난 일이지만 신촌블루스에게 이런 부탁은 하지 말아야 했다. 이은미를 비롯해 김현식, 정경화, 한영애 등 걸출한 가수를 배출한 신촌블루스에게 호프집 공연이라니, 그것도 출연료도 없이…….

첫 만남에 시니컬해 보이는 블루스의 대부는 내가 하는 말을 진지하게 들어주었고 기타리스트이자 가수인 이정선 선생과 김동환 선생까지 섭외해 주었다. 작은 무대임에도 불구하고 그들은 최선을 다해 공연해 주었고 그날 그곳에 왔던 사람들은 횡재를 했다.

나중에 두 사람은 외국인노동자대책협의회의 홍보대사직도 기꺼이 맡아 주었고 협회의 행사에는 늘 그렇듯이 무보수로 출연해 주었다.

지금은 내 전화번호도 바뀌었고 두 사람 모두 연락 못 한 지도 오래되었다. 그러나 그들이 가지고 있던 따뜻한 마음은 내 평생의 빚이자 빛으로 남아 있다. 가지고 있는 능력 안에서 할 수 있는 일을 기꺼이 해 주는 마음 씀씀이는 다른 사람의 마음까지 움직이는 힘이 있다. 이들이 가진 능력과 열정은 주변의 사람들을 변화시키기에 충분했는데 남희석의 팬클럽인 NHS는 누구보다도 우리의 일에 적극적으로 참여했고 그중 몇몇은 지금까지도 연락을 하며 지내고 있다. 좋은 열정과 누구나 가진 그만의 능력은 다른 누군가를 행복하게 만들 수 있으며 이를 통해 만들어진 인연은 삶을 풍요롭고 아늑하게 만드는 힘이 있다. 즐거운 일보다 짜증 나고 귀찮고 힘든 일이 더 많은 세상살이에 이처럼 더불어 살아감을 아는 사람들은 서로의 아픔과 지침을 나누고 공유하며 치유한다. 좋은 뜻을 가진 사람들은 함께 뭉치고 그 에너지를 이 사회에 전파시킴으로써 우리를 행복하게 만드는 힘이 있다.

재미있는 사실은 재산이 많거나 사회적 지위가 높은 사람들이 자기의 재능을 타인을 위해 사용하는 빈도수가 그리 높지 않다는 점이다. 오히려 NHS의 회원들처럼 평범한 우리의 이웃들이 그들의 희생과 관심을 통해 새로운 생명을 얻거나 살아갈 이유를 찾은 사람들을 만들어 냈다. 아마도 그들은 지금도 그렇게 열심히 자신과 타인을 변화시키는 선한 삶을 살고 있을 것이다.

혹시나 그들이 이글을 보게 된다면……

"엄인호 선생님! 희석아! 그리고 NHS 회원님들, 같이 소주 한잔 해요."

06

지나온 길은 보이지 않는다

세상에 똑바로 난 길은 없다.

나는 걷는 것 자체를 좋아하지 않는 데다가 길이란 놈은 구불구불하다. 걷는 일은 다리도 아플뿐더러 여름엔 덥고 겨울엔 춥다. 게다가 바쁜 세상살이에 걸어 다닌다는 것은 효율적이지 않기 때문이다. 그런데 요즘 걷는 재미에 푹 빠져버리고 말았다. 내 몸에도 허릿살이 빠지면서 작은 변화가 생기기 시작했는데 더 좋은 건 걸으면서 사색할 수 있다는 점이다. 한 발 한 발 걷는 발걸음은 크지 않지만 그렇게 걷다가 어느 순간 걸어온 길을 돌아보면 참으로 많이 걸어온 걸 알 수 있다. 아직도 젊은 내가 이런 말을 하면 가소롭게 보일지 모르지만 길은 인생과 비슷한 면이 많다. 그런데 이상한 점은 내가 걸어온 길이고 내가 살아온 인생인데 그 궤적들과 주변의 것들이 잘 기억나지 않는다는 것이다.

　길을 닦다 보면 지형적 이유로 길을 굽게 만들어야 하는 것처럼 인생도 나의 의지와는 상관없이 돌아서 가야 할 때도 생긴다. 길을 걷다 되돌아보면 숲에 가려서 또는 산에 가려서 걸어온 길이 보이지 않는다. 인생도 마찬가지다. 하루하루 열심히 살다 보면 살아온 인생이 보이지 않는다. 절친했던 친구도 어느 순간에 멀어져 있고 그가 어떻게 사는지조차 알 수 없다. 사회과학적으로 분석해 보니 사람과 사람이 절친한 관계의 유효 기간이 5년이라고 한다. 가족을 제외한다면 5년마다 절친한 관계를 새로 만들면서 살고 있다는 말인데 이러한 삶의 주기 때문에 살아온 인생을 되돌아보기가 쉽지 않다.

　살아온 날보다 살아갈 날이 적은 사람들의 이러한 소회는 각별할 수밖에 없다. 앞으로 만나게 될 사람들과의 관계는 지난 삶처럼 쉽게 잊지 않겠다는 다짐도 해 본다. 살아온 날보다 살아갈 날이 적은 나로서도 앞으로 내가 가는 길은 똑똑하게 기억하고 싶다. 또 얼마의 시간이 흘러 지나온 시간을 반추하게 될 때는 내 인생의 굴곡에는 무엇이 있었는지 왜 그랬는지도 기억하고 싶다. 지금 가장 후회가 되는 일은 하루하루 내가 살아온 길을 자주 되돌아보지 못했던 아쉬움이다. 지나온 길은 자주 돌아보고 앞으로의 행로를 바로잡는 일을 하루라도 더 빨리 시작한다면 나와 같이 몰아쳐 후회하는 일은 없을 것이다. 돌이킬 수 없는 갈등이 생긴다면 단절되어야 하는 관계겠지만 그렇지 않다면 한 사람 한 사람과의 관계에 최선을 다해야 한다. 시간은 순식간에 지나가고 잊었던 사람을 다시 찾는 일도 사실은 뻘쭘한 일이다.

요즘 7080시대에 대한 추억과 문화적 향유의 바람도 확실하지 않은 미래의 행복만을 바라보며 치열하게 내달리던 삶의 무게를 내려놓고 싶어 하는 현대인들이 마음의 위로와 치유를 원하고 있기 때문일 것이다. 어쩔 수 없이 위선적인 세상살이에서 아무런 이해관계 없이 만나고 또 때로는 다투었던 젊은 시절이 당연히 그리워질 수밖에 없다. 사람은 지금의 삶이 지칠수록 과거를 미화하고 추억하는 습관이 있는데 이는 절대 나쁜 일이 아니며 오히려 과거를 추억하면서 자신을 정화할 필요가 있다.

문득 중학교, 고등학교 시절 절친했던 친구들이 생각나는 오후다.

이상한 나라의 청소년

밤 12시가 되어 가는 시간, 어김없이 딸아이가 학교에서 돌아오는 현관문 소리가 들린다. 이렇게 늦은 시간에 학교에서 돌아오는 학생은 비단 우리 딸아이만이 아닐 것이다. 고등학생을 둔 집은 어느 집을 막론하고 밤늦게 귀가하는 아이를 지켜보는 것이 당연한 일이다.

딸아이가 중학교에 진학할 무렵 나는 공교육에 몰입된 일반적인 행태를 벗어나고 싶었다. 그것은 내가 가진 학창 시절의 트라우마 때문이었다. 중학교 시절 어느 학교에나 비슷한 별명을 가진 선생님이 계셨다. '미친개'! 지금은 나도 나이가 들어서인지 이러한 별명을 들으면 괜스레 나를 지칭하는 것 같아 뻘쭘하기는 하지만…… 내가 다니던 중학교에도 이런 별명을 가진 체육 선생님이 계셨다. 어느 날, 저녁 청소를 하고 있는데 마침 종이 울렸고 종례를 하기 위해 교실로 들어가고 있었다. 헐레벌떡 뛰어들어가던 나는 교실을 5m 앞

두고 그 체육 선생님에게 잡히고 말았다. 그 당시만 해도 학생들에 대한 구타가 만연하던 시절이었다. 체육 선생님의 구타 방법은 특이했는데 일명 '한볼테기'라고 불렸다. 학생과 마주 보게 선 다음 얼굴을 잡고 왼쪽으로 90° 꺾은 다음에 공중에서 손바닥으로 내려치는 방식이었다. 한 대만 맞으면 얼굴이 화끈거리면서 퉁퉁 붓기 일쑤였다. 교실을 코앞에 두고 잡힌 나와 친구들은 어김없이 '한볼테기'를 당했고 그 일은 오랫동안 마음의 상처로 남아 있었다.

나는 딸아이에게 공교육과 대안교육에 대해 비교하여 설명해 준 다음 대안학교에서 시행하는 체험학습을 다녀오게 했다. 일주일간의 체험 교육을 다녀온 딸아이는 몇 날 며칠을 고민한 후에 일반 중학교로 진학하고 싶다는 의사를 밝혔다. 그 이후의 학교생활은 모두가 아는 그대로이다. 중학교를 마치고 고등학교에 진학한 이후에는 오로지 대학이라는 목표를 향해 몸이 아파도 야간자습까지 강행하는 삶을 지금까지 살고 있다. 다행이라면 딸아이가 사교육은 많이 받지 않았기 때문에 상대적으로 다른 아이들에 비해 주말이나 휴일을 즐길 수가 있었다는 점이다. 고등학교 2학년이 되어서야 학원에 다니게 되었는데 그것도 달랑 수학 한 과목만 수강했다. 사교육을 좋아하지 않던 내가 그나마 수학학원을 보냈던 이유는 학원이 작고 수강학생이 많지 않았기 때문에 학원 선생님과 일상의 스트레스를 대화하면서 풀었으면 하는 바람 때문이었다. 학원 선생님은 여성이었고 미혼이었는데 아이들과의 만남이 형식적이지 않았고 언니처럼, 이모처럼 아이들과 소통하는 사람이었다. 학원이라고는 다녀보지 않았던 딸아이는 일주일에 한 번이지만 학원가는 날을 좋아했고 나는 그것으로 만족했다. 이야기를 들어보니 공부하는 시간만큼 수다 떠는 시간이 많다고 했다. 난 그것도 좋았다.

틀 안에 갇혀서 보석같이 찬란한 시간을 소멸시키는 우리 아이들을 보면 마음이 아프다. 미국드라마에서 나오는 고등학생들의 이야기는 우리나라 청소년들에게는 외계에서나 가능한 일일 뿐이다.

매년 입시제도가 바뀌기 때문에 학생과 학부모의 혼란이 반복되지만, 대학입시 요강의 본질은 변하지 않는다. '사육을 통한 대학입학제도'의 근본적 변화를 통해 우리 아이들이 잃어버린 싱그러움을 되살렸으면 좋겠다. 대학이라는 모호한 목표보다는 '어떻게 살 것인가'에 대한 고민을 하고 그 이상을 실현할 수 있는 직업을 선택할 수 있는 입시제도가 되기를 바라본다.

다행인지 불행인지 아들 녀석은 대안중학교*를 선택해서 검정고시를 치렀다. 3학년 때 팔을 다쳐 졸업은 하지 못했지만, 중학 검정고시를 통과하고 올해 대입 검정고시까지 통과했다. 다른 학생들처럼 친구들과 어울리는 시간이 없어서 안타깝고 미안한 마음이 있지만 제 나름대로 권투를 배우고 기타연주와 보컬 트레이닝도 배운다. 학창시절임에도 친구들과의 교류가 없어 혹시 대인관계에 문제가 생기지 않을까 걱정이 되지만 아직 욕설 한마디 제대로 할 줄 모르

---

* 1980년대 중반 건강한 청소년 문화를 기르고 생태적 삶을 체험시키기 위해 시도된 다양한 캠프가 방과후학교나 주말학교, 혹은 방학을 이용한 계절학교 형태로 운영되었고 이들 가운데 일부는 대안학교로 발전하였다.
1997년 경상남도 산청 지리산 자락에 설립된 우리나라 최초의 전일제 대안학교인 간디청소년학교를 필두로 전일제 대안학교가 확산되었다. 그리고 중도탈락 문제 해결 방안의 하나로 생각했던 공립 대안학교 계획은 이후 위탁형 대안학교로 자리 잡게 되었다. 위탁형 대안학교는 학교에 적응하지 못하고 중도탈락 가능성이 있는 학생들을 대상으로 정규학교가 아닌 위탁형 교육기관에 출석하고 이를 정규학교의 교육과정을 이수한 것으로 인정하는 제도이다(출처: 한민족문화대백과).
대안학교는 교육부 인가를 받은 인가대안학교와 비인가대안학교가 있는데, 2013년 6월 교육부에 등록된 학교는, 대안학교(초·중등교육법 제60조의3, 대안학교 설립·운영에 관한 규정), 대안교육 특성화 중학교(초·중등교육법시행령 제76조), 대안교육 특성화 고등학교(초·중등교육법시행령 제91조)에 의거한 총 54개 학교이다.

고 예의 바르게 자라는 것을 보면 큰 걱정은 하지 않는다.

아직 초등학교에 입학하지 않은 자녀들을 가진 부모는 아이들에 대한 교육관을 하루라도 빨리 정립하기를 권한다. 부모의 가치관과 결단력이 아이들에게 미치는 영향력은 실로 엄청나다. 초등학교부터 시작되는 등수놀이를 16년 동안이나 하면서 자녀와 함께 스트레스를 받으며 살 것인가 아니면 아이의 16년을 행복하게 지켜줄 것인가는 오로지 부모의 선택에 달려 있다. 지금 아이들이 겪는 당장의 고통이 장밋빛 미래를 보장한다면 좋겠지만 누가 그 미래를 장담할 수 있겠는가. 알 수 없는 미래의 행복보다는 지금의 행복이 백번 천번 더 중요하다.

누구도 공교육과 대안교육의 옳고 그름을 말할 수는 없을 것이다. 그 나름대로 장단점을 가지고 있기 때문이다. 다만 나는 아이들이 커가는 모습을 보면서 소망했던 한 가지가 있었다. 그것은 '우리 아이들이 행복했으면 좋겠다'는 것이었다. 먼 미래에 우리의 아이들이 행복했으면 좋겠지만 나는 그들이 지금 이 순간순간에도 행복했으면 좋겠다.

08

은적암 가는 길

공주에 있는 마곡사는 설명이 필요 없는 유명한 고찰이다. 나는 매일 아침 일어나자마자 마곡사 갈 길을 서두른다. 내가 묵고 있는 숙소에서 마곡사까지는 걸어서 20여 분 남짓, 차가 다니는 국도이기 때문에 이어폰을 귀에 꽂고 앞만 보며 마곡사 입구까지 걷는다. 입구에 즐비한 기념품 판매장과 줄지어 선 식당들, 그리고 내가 가끔 들러서 필요한 물품을 사는 마트를 지나 차량통제선을 지나면 귀에 꽂았던 이어폰을 빼내 주머니에 넣고 걷는다. 여기부터는 새 소리, 나뭇잎 부딪히는 소리, 바람 소리가 주인인 세상이기 때문이다. 난 그들에게 동화되기 위해 자발적 동의를 실천한다. 속도와 생존경쟁 속에서 잊고 살았던 것들이 그 존재감을 과시하듯 내 앞에 뽐낸다.

도시에서는 하루하루 변화하는 풍경을 의식하지 못하고 지나가기 일쑤다. 그렇게 바쁘지 않아도 삶에 큰 문제는 없는데 하루하루의 변화를 눈치챌 수 있는 심미안을 가진 사람은 드물다. 마곡사가 있는 태화산 자락은 하루하루를 흠뻑 느낄 수 있어서 좋다. 나무와 풀과 흐르는 물은 극히 미세하지만, 시간의 흐름을 따라 변한다. 도시에서는 평생 살아도 보기 힘든 다람쥐며 청설모도 흔하게 마주치고 어떤 날은 사람 다니는 길을 가로지르는 뱀도 심심치 않게 볼 수 있다. 도시에서는 보이지 않던 미세한 변화를 감지하게 된 이유는 내가 하릴없는 종자이기 때문이리라.

마곡사에 들어서면 매표소가 보이는데 마음씨 좋은 아저씨가 왼손을 왼쪽으로 휘릭 내저으며 인사를 하신다. '통과!' 신호다. 그렇게 한참을 올라가면 마곡사 본당으로 가는 길과 작은 암자로 가는 길이 나뉘는데 가장 왼쪽 길로 가면 영은암, 가운데 길로 가다 보면 갈라지는 길에서 왼쪽은 은적암, 오른쪽은 백련암이다. 두 암자는 가는 길은 다르지만, 위쪽에서 산길로 연결되어 있어서 어느 방향으로 가든 만난다.

나는 언제나 은적암으로 가는 왼쪽 길을 택한다. 약간의 경사가 있는 그 길은 양쪽으로 아름드리 소나무의 열병식이 펼쳐지는데 그날그날 기분에 따라 아무 놈이나 한참을 꽉 안아준다. 그렇게 핑계 삼아 쉬기도 하지만 그동안 살면서 내 몸이랍시고 얼마나 마음대로 혹사를 시켰는지 숨이 턱에 차오른다. 땀을 삐질삐질 흘리며 은적암에 들어서는 시간은 오전 예불을 시작하는 시간이다. 작은 스님이 예불 준비를 위해 이리저리 서두르고 법당도 아닌 바깥 툇마루에 앉아 있는 큰 스님은 말없이 차만 따르신다. 나는 법당 툇마루에 앉아서 멍하니 하늘과 나무와 바람을 바라볼 뿐이다. 난 이게 편하다. 어디서 왔는지, 누구인지, 묻지 않아서 좋다.

난데없는 기둥 치는 소리에 머리를 돌리니 큰스님이 홍삼진액 한 봉지를 건넨다. 목이 말랐던 참이었는데 물도 아니고 홍삼을 얻었으니 오늘은 수지맞은 날이다. 작은 스님의 독경소리가 시작되면 예불이 시작된다. 절에서 절은 해도 되고 하지 않아도 된다. 불교 신자가 아닌 사람에게 절을 강요하는 절은 없기 때문이다.

　우리 집안은 불교를 믿는다. 하지만 나는 어머님을 모시고 절에 가더라도 절은 잘 하지 않는다. 신심 자체가 없기 때문이다. 따라서 나는 불교 신자이기도 하고 아니기도 하다. 하지만 어느 순간 합장을 하고 무릎을 꺾는 순간이 내게도 왔다. 미안한 말이지만 부처님의 은혜로움에 감복해서도 아니고 스님의 독경 소리에 감동해서도 아니다. 평생을 재봉틀만 돌리며 외롭게 사시다가 먼저 세상을 떠난 둘째 할머니와 베트남 전쟁에서 얻은 부상으로 인해 젊은 나이에 떠나신 아버지, 그리

고 살아보겠다고 세상과 치고받고 싸우다가 목을 맨 내 동생이 서럽고 또 서러워서 절을 했다. 세 사람의 얼굴을 떠올리며 극락왕생하라고 빌고 또 빌었다. 이제는 기억마저도 희미해져 가는 얼굴들⋯⋯.

은적암에서 왜 갑자기 그들이 생각났는지 모르겠다. 만만하지 않은 세상살이에 지칠 대로 지치고 찢길 대로 찢겨가며 살아온 우리 집안의 삶은 다른 집안의 사람들에 비해 특별하지도 이상하지도 않았다. 수많은 전쟁과 이상하리만큼 괴이한 사회 시스템 속에서 그 아픔을 온전히 받아낸 민중들의 삶이 우리 집안과 다름없을 터이다.

나는 이 길을 매일 다니면서 온전한 나만의 위로를 받는다. 사회로부터 야기된 분노와 무한 경쟁을 통해 살아갈 수밖에 없는 나의 업보를 위로받는다. 나뿐만이 아니라 기계처럼 살아가는 세상에서 자기의 삶을 성찰하고 미래를 고민하는 시간과 장소는 우리 모두에게 필요하다. 반복되지만 지겹고 그렇지만 벗어날 수 없는 세상살이에 자기만의 은신처이자 위로처를 만들어라. 누구에게나 비밀스러운 자기만의 은적암이라도 있어야 기운을 차린다.

09

존경받을 자격을 가진
사람만 존경하자

내가 시민단체에서 활동할 당시의 일이다. 작은 시민단체가 모두 그렇듯이 부족한 인력 탓에 밤늦은 시간까지 업무를 처리하고 있는데 같이 일하는 K 실장이 다급한 목소리로 전화를 걸어왔다. 퇴근하는 중에 이상한 일이 생겼는데 동대문경찰서에 잡혀갔다는 내용이었다. 하던 일을 급하게 덮어 두고 경찰서에 도착해서 들은 내용은 이랬다.

퇴근하고 집에 가기 위해 동대문 지하철역에 왔는데 노인 한 분이 계단에서 굴러떨어지는 광경을 보고 급하게 부축해서 역무원실로 모시고 갔단다. K 실장은 아직도 순수한 구석이 있어서, 자기가 모시고 가는 노인이 엄청난 부자고 역무원실로 모셔다 드리면 이 건실한 젊은이에게 은혜를 갚고 싶다고 할지도 모른다는 생각을 하면서 행복한 상상에 빠져 있었다고 했다. 그런데 역무원실에 도착한 노인의 행동은 K 실장의 생각과는 전혀 다른 방향으로 움직이고 있었다. 역무원실에 도착한 노인은 K 실장의 손을 꼭 잡았는데 이때까지도 K 실장의 즐거운 상상은 계속되고 있었다. 손을 꼭 잡아주는 노인을 보며 감사한 마음의 표현을 하는 것으로 생각했었단다. 그런데 K 실장의 손을 꼭 쥔 노인이 역무원들에게 한 말은 그야말로 대박이었다.

"이놈들이 나를 계단에서 밀어서 이렇게 다쳤으니까 경찰 불러줘!"

순찰차가 오고, 난생처음 경찰서 조사를 받게 된 K 실장은 사색이 되어 있었다. 그것도 노인을 계단에서 밀어버린 패륜범죄 혐의였으니…….

조사가 시작되고 노인은 노발대발하면서 입에 담지 못할 욕설을 우리에게 퍼부어댔다. 아무 잘못도 없는 K 실장과 나는 그 욕설을 고스란히 들어야 했다. 서로의 주장이 팽팽하던 그때, 경찰관은 지하철역에 설치된 CCTV를 확인하고 그 결과에 따라 사건을 처리하겠으니 일단은 돌아가도 좋다고 했다. 그런데 그때부터 노인의 태도가 확 변하더니 돌아가는 우리를 붙잡고 없던 일로 하자고 하는 것이 아닌가. 시간은 벌써 새벽 두 시를 향해 가고 있었고 집으로 돌아가지 못한 K 실장과 중요한 업무를 처리하지 못한 나의 사정은 안중에도 없었다.

노인의 태도가 그렇게 변한 이유는 경찰관이 범죄사실을 조회한 이후부터였는데 그 노인의 전과기록은 조사를 담당했던 경찰관도 깜짝 놀라게 할 만큼 화려했다. 전과 18범! 폭행, 강도, 절도 등 해보지 않은 범죄가 없을 정도였다. 경찰관은 노인에게 CCTV를 확인하겠으며 만약 노인의 진술이 거짓이면 무고죄로 처벌받을 수 있다는 사실을 고지했다. 당당했던 노인은 비굴한 웃음을 지으며 사과했다.

경찰관에게 CCTV를 확인하더라도 무고죄로 고소할 생각이 없음을 밝히고 경찰서를 나서는 발걸음이 씁쓸했다.

우리가 누리는 풍요로움과 안정된 사회는 지금의 노인들의 희생과 노력이 있기에 가능했다는 사실을 부정할 수는 없다. 공안통치로 살벌했던 70~80년대에 국가의 경제 발전을 위해 묵묵히 사회의 중추적 역할을 했던 이들이 지금의 노인들이다. 노인들은 정치적 박해를 받으면서 이 사회의 민주주의를 꽃피우기 위해 희생을 하기도 했다. 나는 이런 노인들이야말로 마땅히 존경받아야 한다고 생각한다. 그러나 국가와 사회에 아무런 기여도 하지 않았으면서 나이 먹었다는 이유만으로 젊은이의 존경을 요구해서는 안 된다고 생각하며 젊은이도 당연히 이들을 존경할 필요가 없다. 더 이상 TV나 신문에서 툭하면 가스총을 빼 드는 나이 든 사람들을 보지 않았으면 하는 소망이 있다. 동대문시장 어느 구석에서 주워 입은 듯한 어설픈 군복을 입고 집회 현장마다 나타나 '애국'을 외치는 나이 든 사람들을 더 이상 보지 않았으면 좋겠다. 이런 어른들은 젊은이들과 대화를 할 의지도 없어 보이며 벽처럼 느껴지는데 크고 두껍고 견고한 그 벽 앞에서 젊은이는 막막하고 답답하며 그 불통에 지쳐간다. 동시대를 살아가면서 반드시 필요한 세대 간의 소통은 우리 사회를 건강하게 만들지만, 불통은 반목과 갈등만을 초래한다.

노인은 삶에 대한 철학과 세상을 바라보는 지혜가 그만큼 쌓여 있어 후대 사람들에게 그것을 전수하고 젊은 세대가 나아갈 방향에 대해 등대 같은 빛을 밝혀주는 사람이어야 한다. 세월이 지나면서 몸은 약해지고 생각의 날이 무뎌지더라도 하는 짓이 추해지면 안 된다. 추한 행동을 하면서 젊은이로부터 존경받고 싶어 하는 나이 든 사람은 성찰의 의미와 삶의 철학도 없는 사람이다.

존경받고 싶다면 존경받을 만한 삶을 살아야 한다. 마찬가지로 내가 노인이 되었을 때, 나의 삶에 대한 객관적 평가가 미흡하다면 난 당연히 젊은이에게 대접받을 자격이 없다. 아니 대접은 고사하고 돌을 맞아도 좋다. 다음 세대에 돌 맞을 각오로 살아야 한다.

혼자 아파해야 끝난다

세상에는 많은 일이 있지만 남녀관계처럼 오묘하고 어려운 문제는 없다. 20여 년 전에 읽었던 책 중에 『인간의 소리, 소리, 소리』라는 작품이 있다. 저자가 직접 경험한 삶을 진솔하게 그렸던 수기 형식의 글이었다.

제2차 세계 대전 당시 일본군에 강제 징집되었던 저자는 소련군에게 포로로 잡혔다. 화물 기차를 타고 몇 날 며칠을 북쪽으로 달리고 달린 다음 또다시 배를 타고 바이칼 호수를 건너 도착한 곳은 시베리아 벌판이었다. 강제수용소에서 직접 살 집을 짓고 온종일 벌목 작업을 하는 인생의 막장이었다. 하루에도 여러 명이 굶어 죽거나 얼어 죽는 그곳에서 삶을 지탱하게 해 준 것은 바로 사랑이었다. 그 당시 시베리아 수용소는 철조망을 사이에 두고 남자 포로와 여자 포로를 나누어서 수용했는데 서로 간의 교류나 접촉은 철저하게 금지하고 감시했다. 그럼에도 불구하고 국적이 다른 남자와 여자는 어떻게든 만났고 서로를 위로하며 그 지옥에서 살아남았다.

생사의 갈림길에서조차 남녀의 사랑은 막을 수 없나 보다.

우리는 누구나 이성과 사랑을 하며 살다가 죽는다. 그런데 모든 사랑이 해피엔딩으로 끝난다면 좋겠지만, 불행하게도 현실은 그렇지 못하다. 거창하게 죽음이 둘을 갈라놓지 않더라도, 만나고 사랑하며 헤어지는 일은 일상다반사다. 헤어짐에 대처하는 방법에 관한 책이 출판되어 있을 정도이니 얼마만큼 헤어짐이 많고 위로가 필요한 사람이 많은지 짐작이 간다. 재미있는 것은 이러한 연인과의 이별이 젊은이들만의 아픔은 아니라는 것이다. 사랑했던 연인과의 이별을 성장의 과정으로 이해하고 또 다른 사랑을 찾는 신파소설은 우리 주위에 흔해빠졌다. 그런데 가끔 신문이나 방송에 나오는 내용을 보면 40대, 50대, 60대까지도 사랑 후에 이별에 대한 아픔을 겪고 있으며 때로는 살인이나 폭력 등의 부적절한 방법으로 표출하기도 한다. 사랑하는 사람과의 이별은 나이를 불문하고 슬픈 일인 것이다.

사랑하던 연인과의 이별이 현실로 다가오면 묘하게 가슴이 아프고 답답하고 먹먹하고 슬프다. 마치 햇빛도 들지 않고 공기도 없는 깊은 바닷속에 혼자 내버려진 느낌을 갖는다. 앞은 보이지 않아 캄캄한데 숨을 쉴 수조차 없고 몸은 마음대로 움직일 수도 없는 암흑과 공포의 느낌, 결국 할 수 있는 일은 몸부림치는 일밖에 없다. 그러다가 몸도 지치고 마음도 피폐해진다. 실제로 이별을 겪고 있는 사람이 할 수 있는 일이 이것 말고 또 무엇이 있겠는가? 그렇지만 어차피 마음에 생긴 상처는 오롯이 혼자 바라보고 혼자 치유해야 끝나는 일이다. 그렇기에 당연히 망가지고 몸부림치며 시간을 흘려보내야 한다. 홀로 몸부림치다가 수면 위로 몸을 떠올리면 맑은 공기와 찬란한 햇살을 마주하며 다시 살아갈 힘을 얻게 되는데 이것이 또 다른 사랑이다.

인간은 참으로 기가 막힌 창조물이다. 사랑하는 연인과의 이별 당시에는 죽을 것처럼 고통스럽지만, 시간이 지나면 나름 아름다운 추억으로 각색하려는 본능을 가지고 있다. 같이 듣던 음악이 어딘가에서 들리거나 상대가 좋아했던 음식을 마주하면 이별 당시의 고통보다는 함께했던 추억이 떠오르니 말이다.

살다 보면 언젠가는 또다시 새로운 사랑을 만날 것이다. 만약 이별에 아파하는 중이라면 당장 밖으로 나가라. 취미동호회에 가입하고 피트니스에서 땀 흘리며 운동이라도 해라. 새로운 사랑은 당장 내 눈앞에 나타나지 않았을 뿐이며 새로운 사람들과 만나면 만날수록 새로운 사랑을 찾을 가능성은 그만큼 높아진다. 반드시 상처를 치유할 수 있는 새로운 사랑을 찾을 수 있다. 그렇지만 다시 아파할 각오를 항상 하고 살아야 한다.

젊음은 새로운 사랑이 영원할 것만 같은 '착각의 모르핀'을 맞을 것이고 약효가 떨어지면 또 아파할 것이다. 사랑에 지친 마음의 상처는 시간이 지날수록 두툼해져 그래도 처음보다는 아픔이 덜하다. 이 모든 일은 온전히 혼자 감내해야 하는 일이다. 누구도 나의 아픔을 대신할 수 없으며 삶은 이 과정의 반복이다. 아름답던 인생이 어느 순간 고통의 시간이 되고 다시 아름다워지고…….

그냥 이것이 사랑이고 사람 사는 일이다.

신영복 선생님과 '여럿'의 추억

대학원에서 박사과정을 공부하고 있을 때였다. 왜 우리가 이렇게 밖에 살 수 없는지에 대한 고민을 원우들과 격하게 토론하는 일은 큰 즐거움 중의 하나였다. 그러던 어느 날, 이왕이면 함께 모여 살면서 함께 공부하면 좋겠다는 의견이 나왔고 여기에 의기투합한 5명이 부천에 연구공간을 마련하게 되었다. 연구공간의 이름은 다 같이 공부하고 다 같이 먹고살자는 공동체적 의미로 '여럿'이라고 정했다. 원래 여럿이라는 이름은 신영복 선생님이 자주 쓰시는 '여럿이 함께'라는 글귀에서 따왔다. 연구공간의 한쪽 벽에는 '여럿이 함께'에서 '~함께'를 지우고 '여럿'이라는 연구공간 이름을 걸었다. 명칭을 정하고 나니 신영복 선생님의 글귀를 표절한 듯한 생각에 양심의 가책을 느꼈다. 나는 신영복 선생님을 직접 찾아뵙고 이에 대한 양해를 구하기로 마음먹었다. 그렇게 생각만 하고 있던 어느 하루, 신영복 선생님의 연구실에 불이 켜져 있음을 확인하고 부리나케 연구실로 향했다. 선생님은 외부에 강연 일정이 많으시다 보니 학교에 계시는 날이 별로 없었기 때문에 기회가 있을 때 '여럿'의 사용 문제를 말씀 드릴 참이었다. 연구실을 방문하여 자초지종을 찬찬히 말씀드리니 선생님은 연구실 옆방으로 나를 데려가 직접 그 자리에서 먹을 갈아 두 글자를 써 주셨다.

'여럿'

이렇게 해서 가난한 연구공간은 문을 열었다. 연구공간 개소식 날에는 부천의 시민활동가 및 시흥의 활동가들이 귀한 시간을 쪼개 참석해 주셨고 노래로 생명·평화 운동을 하시는 '별음자리' 선생께서는 축가를 불러주셨다. 별음자리 선생은 축가 이외에도 우리 연구공간의 구성원들을 위해 직접 쓴 붓글씨를 한 폭씩 선물해주었을 뿐 아니라 '연구공간 여럿'의 직인을 음각·양각을 이용한 특별한 방법으로 조각해 주셨다. 신영복 선생님이 써 주신 연구공간의 현판 글귀를 비롯해

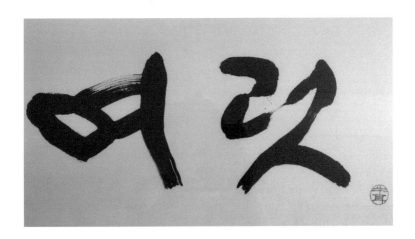

모든 선물은 아직도 귀하게 보관하고 있다. 언젠가 다시 공동체적 연구공간을 마련하게 되면 그때 다시 쓰일 소중한 물건들이다.

지금 돌이켜 생각해보면 그 시절이 가장 행복했던 시절이었다. 직장인들을 위한 철학 세미나를 개설하고 직장을 가진 회사원들과 공부를 하는 대학원생들이 함께 공부하고 토론하던 시간, 조희연 교수님을 모시고 처음으로 가졌던 월례 토론회 등 하루하루 행복했던 시간이었다. 연구공간을 개설하고 난 후 가장 좋았던 것은 하루 24시간 연구공간의 불이 꺼지지 않는다는 것이었다. 함께 생활하는 구성원들의 공부 스타일이 다르다 보니 어떤 사람은 밤에 어떤 사람은 새벽에 또 어떤 사람은 낮에 공부했다. 최소한 그 공간은 24시간 불이 꺼지지 않고 공부에 매진할 수 있는 공간이었다. 그렇게 시작했던 연구공간은 1년 남짓 동안 우리의 보금자리 역할을 하다가 돈이 없어 문을 닫고 말았다.

그러나 그 당시 같이 고민하고 공부하던 친구 중 일부는 박사 학위를 받고 좋은 학자로 발돋움하고 있으며 어떤 친구는 학위 막바지에 이르러 있다. 돌이켜보면 그 시절의 치열함은 내 인생에서 다시는 오지 못할 소중한 경험이었다.

벌써 10년 가까이 시간이 흐른 지금, 아무것도 가진 게 없었던 우리에게 함께 모여 공부를 할 수 있도록 도와주셨던 신영복 선생님을 비롯해 별음자리 선생, 그리고 관심을 가져주셨던 시민활동가와 시민들께 늦게나마 깊고 깊은 감사의 말씀을 전한다.

감사한 마음을 모아주셨던 여러분들 덕택에 나는 박사 학위를 받아서 그걸 밑천으로 먹고살고 있으며 뜻을 세우고 의지가 있다면 도움을 주는 고귀한 손이 있다는 것도 깨달았다.

나는 나보다 젊은 청춘들에게 무엇인가에 미쳐서 세상을 살아본 적이 있는지 묻고 싶다. 세상살이는 각박하고 처절하지만 이상하리만큼 묘한 구석도 있는데 목표를 정하여 노력하고 자신의 모든 정성을 쏟다 보면 반드시 그것을 알아주고 도와주는 사람이 생긴다는 것이다.

현재 처해 있는 상황이 불편하고 고통스럽더라도 삶의 목표를 정하고 디테일한 목표 달성 방법을 고민하라. 목표 달성에 필요한 사람들의 인명록을 만들어보고 필요하다면 누구든 만나서 도움을 청해야 한다. 모든 것을 다 가지고 있는 사람은 특별한 목표를 설정할 필요가 없다. 무엇인가 목표를 설정한다는 의미는 처해 있는 상황이 좋지 않다는 의미와 다름 없다. 따라서 더 이상 좋아질 것이 없는 막막한 상황에서 상태를 개선하기 위해서는 범죄 행위를 제외하고는 무슨 일이든 해야 한다. 나이가 젊으면 젊을수록 이러한 시도는 더 적극적으로 해야 한다. 이처럼 적극적인 도움 요청은 나이가 먹어 갈수록 하기 어려운 부탁이기 때문이다.

이렇게 해서 도움을 받게 된다면 진솔한 감사 표시를 해야 하며 반드시 정해진 목표를 이루도록 최선을 다해야 한다. 만약 도움을 받았는데도 정해진 목표를 달성하지 못하고 실패한다면 또다시 계획을 만들고 수정해서 실행해야 한다. 독하고 끈질기게, 주변에 나를 믿어주는 사람이 한 명이라도 있다면 절대 포기하지 말아야 한다. 사회가 가진 보이지 않는 장벽과 그로 인해 우리가 겪는 지침은 극복의 대상일 뿐 좌절의 동기가 절대 아니다. 인생을 살면서 몇 번을 미친 듯이 노력하고 또 노력해도 자신이 정한 삶의 목표를 달성하는 사람은 많지 않다. 얼마나 치열하고 독하게 살아야 하는지 짐작조차 할 수 없는 게 인생이다.

세계 유네스코 무형문화재
'택견'과 한류 열풍

내 고향 충주는 작은 소도시다. 지금은 충주호가 만들어지면서 호반의 도시가 되었고 관광객도 많이 찾지만 내가 어릴 때는 그저 작은 소도시였다. 이 작은 도시의 옛날 관아 자리 귀퉁이에 처음으로 고 신한승 선생이 택견 전수관을 개관했다. 신한승 선생은 종로 택견의 명인이었던 고 송덕기 옹으로부터 택견을 전수받았다. 지금은 1시간 30분이면 서울을 가지만 그 당시 충주에서 서울까지는 3시간이 걸리는 먼 거리였다. 신한승 선생은 아침 첫차를 타고 서울을 올라갔다가 막차를 타고 내려오는 생활을 수년간 하면서 택견을 전수받았다고 한다.

택견은 고구려 고분벽화에 택견과 유사한 그림이 그려져 있는 것으로 보아 삼국시대부터 이미 수련하였을 것으로 추정되고 있다. 무용총(舞踊塚) 벽화에는 두 남자가 마주 서서 택견의 맞서기 동작을

취하고 있는 그림이 그려져 있으며, 삼실총(三室塚) 벽화에는 택견의 굼실거리는 품밟기로 활갯짓하는 동작이 그려져 있다. 이처럼 오랜 전통을 가진 택견이 1983년 중요무형문화재 제76호로 지정되면서 초대 인간문화재로 고 송덕기 옹과 신한승 선생이 동시에 선정되었다. 원래 문화부에서는 송덕기 옹의 나이가 많아 신한승 선생만 인간문화재로 선정하려 했으나 신한승 선생이 스승이 계시는데 인간문화재가 될 수 없노라고 고사하여 결국은 두 분이 인간문화재로 선정되었던 것이다. 현재는 신한승 선생의 법통을 이어받은 정경화 선생이 인간문화재로 지정되어 있다.

이토록 오랜 역사를 지닌 택견이 2011년 11월 28일 제6차 유네스코 무형유산위원회에서 중국의 쿵후를 제치고 무예로는 최초로 인류무형문화유산*에 등재되었다. 대륙마다 전통적인 무예들이 있지만, 땅덩어리가 넓은 만큼 다양한 무예가 존재하는 중국이 무예의 본류라는 사실에 이의를 가지는 사람은 없었다. 그럼에도 불구하고 중국의 쿵후를 제치고 인류무형문화유산에 등재된 일은 자랑스럽고 놀랄 만한 사건이었다. 나도 택견인의 한 사람으로서 매우 기뻐했던 기억을 가지고 있다.

나는 어릴 때부터 무예 배우기를 좋아했다. 내가 초등학교 다닐

---

* 1997년 유네스코(UNESCO; 국제연합교육과학문화기구) 총회에서 소멸 위기에 처한 문화유산을 '인류 구전 및 무형유산 걸작'으로 선정하여 보호하자는 결의안을 채택하였고 이에 따라 2001년 5월부터 등재 사업이 시작되었다. 세계유산협약에 따른 세계유산이나 유네스코에서 선정하는 세계기록유산과는 개념상 구별되며 별도로 관리된다. 2년마다 유네스코 국제심사위원회에서 선정하는데 선정 대상은 인간의 창조적 재능의 걸작으로서 뛰어난 가치를 지니고 문화사회의 전통에 근거한 구전 및 무형유산으로 언어·문학·음악·춤·놀이·신화·의식·습관·공예·건축 및 기타 예술 형태를 포함한다.
2년마다 6월 말까지 유네스코 사무국에 등재 신청을 하면 국제비정부기구(NGO)와 여러 전문가에 의한 평가가 이루어진 후 다음 해 4월에 18명의 심사위원으로 구성된 국제심사위원회의에서 최종심의를 한다.

무렵에 최고의 영화는 역시 중국영화였다. 칼 같은 동작으로 팔과
다리를 움직이며 상대의 공격을 막아내고 공격하는 쿵후는 그 당시
우리에게는 로망이었다. 나는 어머니를 졸라 중학교 3학년 때까지
쿵후 도장을 다녔고 고등학교 때는 태권도 도장을 다녔다. 그렇게
어린 시절을 마감하고 모두가 그렇듯이 사는 게 바쁘다 보니 무예
수련을 할 기회를 가지지 못했다. 그런데 마침 충주를 떠나 살고 있
었음에도 불구하고 살고 있던 도시에 택견전수관이 있다는 정보를
듣고 우리 아이 두 명을 보내기 시작했다. 두 녀석은 그 도시를 떠나
기 전까지 열심히 수련했고 얼마 후 나도 택견 수련을 시작했다. 지
금은 나와 아이들 모두 유동자(태권도는 유단자라고 하지만 택견은
단 대신 동으로 표현한다)가 되었다.

택견은 동작이 부드럽고 아름다워 춤을 추는 것처럼 보이지만 다양한 무예를 접해 본 내가 판단하건대 매우 강력하고 파괴적인 무예다. 그렇지만 나이가 들어서도 계속 수련할 수 있는 장점을 가지고 있으며 상대에게 타격을 가하기 전에 수를 멈추는 인간적 배려는 선비들의 꼿꼿한 심성과도 맞닿아 있다. 택견을 소재로 소설을 출판할 정도로 나는 택견을 무척이나 사랑한다. 별 볼 일 없는 작품이었지만 증정본을 전해 드리기 위해 만났던 인간문화재 정경화 선생께서는 매우 기뻐하셨고 고마워하셨다. 요즘도 택견의 본고장인 충주에서 시연이 있는 날이면 꼭 전화로 알려주시곤 한다. 아주 특별한 일이 없더라도 소주 한잔을 기울이며 택견의 미래와 고민을 두서없이 털어놓는 시간도 내게는 행복한 의미가 있는 시간이다.

내가 가장 안타깝게 생각하는 것은 유네스코에서조차 인정할 만큼 가치가 있는 우리 민족의 전통무예임에도 불구하고 누구도 이를 세계화하고자 하는 일에 관심을 가지고 있지 않다는 점이다. 이와 같은 자랑스러움을 뒤로하더라도 택견 수련이 내게 미친 영향은 매우 크다. 어렸을 때 다른 무예도 수련해 보았지만, 택견은 나이를 먹어도 수련할 수 있어서 좋다. 동작이 부드럽기 때문에 몸의 유연성을 유지할 수 있어서 나보다 나이가 훨씬 많은 분들도 무리 없이 수련하고 있다.

머리로만 살기에는 이 사회가 너무 힘들다. 몸과 정신을 동시에 맑게 유지하면서 살아갈 필요가 있다. 그런 측면에서 한 가지 운동이나 무술의 수련을 권하고 싶다. 몸과 마음은 항상 연동되어 외부의 자극에 반응하기 마련인데 마음이 힘들고 지칠 때일수록 육체적 운동으로 밸런스를 맞추어야 한다. 누구나 한 번쯤은 경험한 일이겠지만 마음이 힘들 때 운동을 통해 에너지를 소비하고 땀을 흘리면 마음까지 후련해진다. 자신의 힘듦과 지침을 위로하고 치유할 수 있는 하나의 방법이 삶에 대한 진솔한 성찰이라면 육체적인 에너지 소비도 훌륭한 자기 위로의 방법이다.

반드시 택견이 아니어도 좋다. 집 근처의 공원에서 하루에 30분씩 걷기운동이라도 좋다. 20~30대에 비축해 놓았던 체력을 40대부터 조금씩 나누어서 쓰고자 한다면 당장 아무 운동이라도 시작해야 한다. 40대부터 시작한 운동은 근육량도 늘어나지 않을 뿐만 아니라 투자한 시간에 대한 운동 효과가 20~30대에 비해 현저히 떨어진다. 덧붙이자면, 살면서 일하면서 쌓였던 짜증과 스트레스의 해소에 운동만큼 탁월한 방법은 없다.

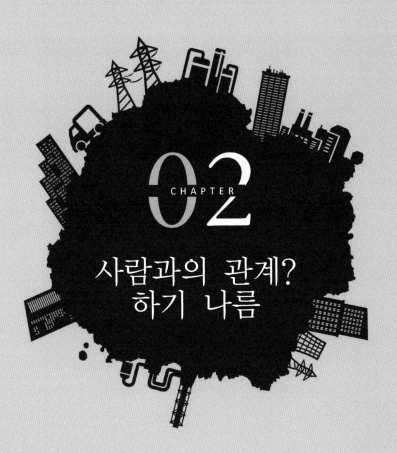

CHAPTER

02

사람과의 관계?
하기 나름

01

일단 상대방의 말을 들어줘라

이상한 일이다. 예전에는 여러 사람이 모인 자리를 가면 반드시 한두 명은 조용히 앉아서 남의 말을 듣기만 하는 사람이 있었다. 사람들은 그 사람의 성격이 소극적이고 소심해서 그렇다고 치부하고 말았다. TV를 보아도 요즘의 일반인은 연예인 못지않게 밝고 재기 넘친다. 과거에는 TV 카메라가 지나가는 시민을 비추면 대부분 회피하거나 우물쭈물 거리는 모습이 TV 화면에도 자주 나왔다. 그만큼 현대인들이 자유분방해졌으며 자기 의견을 개진하는 데 적극적이다. 요즘 술자리나 모임을 나가보면 이야기 못 하는 사람이 없다. 개성도 강하고 말도 재미있게 잘하는 사람들이 부지기수다. 그런데 요즘은 예전처럼 남의 이야기를 들어주는 사람이 없다. 나도 내 이야기 하기를 좋아한다. 아니 무척이나 사랑한다. 그러나 사람들을 만나면 만날수록 내 이야기를 들어달라는 사람들의 아우성이 들리

는 것 같다. 어느 날, 지인들과의 술자리에서 사람들의 이야기를 무
조건 들어준 적이 있다. 요즘 예능 방송에서 반드시 필요하다는 리
액션(!)만 열심히 했다. 모임을 마치고 집에 돌아와 보니 예전에 내
이야기만 죽어라 하고 집으로 돌아왔을 때 느꼈던 허탈함이 전혀 없
었다. 또한, 술자리에 동석했던 지인에 대해 찬찬히 고민하고 그들
에 대해 진솔하게 다가갈 수 있을 만한 정보가 가득했다. 그때부터
나는 남의 이야기를 듣는 것을 좋아한다. 그런데 흥미로운 사실은
다른 모임이나 술자리를 가더라도 이러한 상황은 반복된다는 점이
다. 이러한 사실이 시사하는 바는 현대인은 누구나 가슴속에 응어리
가 한 움큼씩 들어앉을 수밖에 없는 상황에서 살고 있으며 누군가는
이를 들어주기를 바라고 있다는 점이다. 현재, 우리나라의 1인 가구
는 453만 가구이다(2013년 기준). 이는 인구수의 10%이며 가구 수
로 환산하면 25%를 넘어선다. 세 집 건너 한 집은 1인 가구인 셈이
다. 이 중에는 결혼하지 않은 미혼 싱글 남녀도 있지만, 가족을 외국
으로 보낸 기러기 아빠나 직장 때문에 가족과 떨어져 지내는 주말
부부, 배우자를 먼저 보내고 홀로 사는 독거노인도 상당수 있을 뿐
만 아니라 통계개발원에 따르면 자녀가 없는 노부부도 32%에 이르
고 있다고 한다. 이들 모두에게는 먹는 일, 자는 일, 입는 일이 외로
움이며 누군가에게 자신들의 외로움을 하소연하고자 하는 욕구가
있다.

1인 가구가 아니더라도 외로움의 응어리를 가진 사람은 많다. 대
화가 되지 않는 부모와 청소년기 자녀들, 관계가 좋지 않은 노부부
와 그의 자녀들도 이와 같은 범주에 포함된다. 가만히 주위를 돌아
보면 나도 당신도 외롭다. 이러한 외로움을 해결하는 방법도 제각각

이다. 운동을 하는 사람, 술을 마시는 사람, 음식을 먹어서 해소하는 사람 등 무수한 방법이 있을 것이다. 그런데 재미있는 사실은 여자들만의 전유물이라 생각하는 '수다'도 인간의 고독을 치유하는 데 탁월한 효과가 있다는 사실이다. 그리스의 철학자이자 성직자이며 『영웅전』의 저자인 플루타르코스는 그의 다른 책인 『수다에 관하여』를 통해 수다쟁이의 가장 큰 고통은 누가 그의 말을 들어주기를 바라고 있지만 그럴 사람이 없으며 그가 나타나면 모두 도망가려고만 한다. 그에게 이야깃거리를 제공하지 않으려 허둥댄다고 했다. 그는 이 책에서 수다쟁이에 대한 단점을 지적하며 침묵의 긍정적 효과를 설명한다. 그러나 고대와는 전혀 다른 구조와 환경에 처해 있는 현대인의 삶은 침묵만으로 해결될 소지는 없어 보인다. 경쟁하지 않으면 생존에 심각한 위협을 느낄 수밖에 없는 현대사회에서 자신의 존재를 확인받고 싶어 하는 '인정투쟁'*이나 스트레스를 해소할 수 있는 방법의 한 가지로 수다는 분명히 효과가 있다. 그런데 문제는 다른 사람의 말은 듣지 않고 자기 말만 하는 수다쟁이다. 수다에도 교감이 필요하다. 감정의 교류가 없는 수다는 다른 한 사람을 피곤하게 만들기 때문이다. 감정이 교류되는 수다는 사람의 마음을 편안하게 만드는 치유의 효과가 있는데 힐링을 위한 수다를 하기 위해서는 먼저 다른 사람의 말을 들어주어야 한다. 일종의 대화 방식이라고도

---

* 인정투쟁(Anerkennungskampf, recognition struggle, 認定鬪爭)

　헤겔의 『정신현상학』의 <자기의식> 편을 이해하는 데 핵심적인 개념이다. 자기의식의 발전과정에서 중요한 계기 중의 하나가 '욕구하는 자기의식'에서 '인정하는 자기의식'으로의 이행이다. 헤겔은 『정신현상학』의 <자기의식> 편에서 타자를 자아로서 의식하지 않는 한, 인간은 자신을 자아로서 충분히 자각할 수 없다고 주장한다. 그런데 그가 '자기 확신'이라고 부르고 있고 또 욕구의 경험과 결부시키고 있는 자기의식의 초보적 형태는 자기의식의 객관성을 결여하고 있기 때문에 아직 불충분하다. 그리하여 '욕구하는 자기의식'은 이제 '다른 자기의식'을 전제해야 하는 단계로, 즉 '인정하는 자기의식'의 단계로 이행, 또는 고양하게 된다(출처: 서울대학교 철학사상연구소).

할 수 있는데 남의 말을 충분히 들은 후 상대방과 대화의 코드를 맞추는 것이다. 이는 대화 상대의 상황에 대한 적극적 공감과 이해를 통해 만들어진다. 각박하고 살벌하기조차 한 세상살이에서 수다를 떠는 시간만큼은 경쟁에서 비켜나야 한다. 대화 상대가 누구든 간에 먼저 들어주고 공감대를 형성해 나가는 대화법을 훈련하라. 경쟁보다는 공존을 배우는 계기가 될 수 있다.

자신을 위해
10%를 남겨두어라

우리는 살면서 원하지 않는 통증을 겪기도 한다. 물론 몸을 다치거나 질병에 걸려 신체적 고통을 당하는 경우도 있지만, 사람과의 관계에서 상처받는 마음의 고통도 육체의 고통만큼이나 크고 아프다. 마음이 상처받는 경우는 다양하다. 사랑하는 사람과 이별을 할 때, 친구와 갈등이 생겨 대립할 때, 부모님과 의견이 대립할 때, 형제자매와의 사소한 갈등, 선후배와의 의견 충돌 등 어쩔 수 없는 상처를 겪는다. 그러나 가장 큰 마음의 상처를 겪으면서도 어쩔 수 없이 매일 볼 수밖에 없는 관계가 직장에서 만들어지는 인과관계다. 직장 동료는 같은 목표를 향해 협력하는 동반자이자 경쟁자이며 직장 상사 역시 그러하다. 그러나 직장에서의 인간관계가 늘 행복하거나 동지 의식만 존재하는 것은 아니다. 일을 하다 보면 자연스럽게 갈등이 생길 수 있으며 우리는 나름의 방법으로 이를 해소하면서 살아간다. 퇴근 후 술자리에서 갈등을 해소하는 방법도 있을 것이고 마음 맞는 동료와 갈등 당사자에 대한 뒷담화로 풀어내는 방법도 있을 것이다. 그런데 이러한 갈등과 상처를 다른 측면에서 곰곰이 바라보면 갈등 당사자와의 관계를 지속하고자 하는 욕구가 있으며 그와의 관계를 완전히 단절할 수 있는 상황은 아니라는 것이다.

사회생활은 갈등이 발생한다고 해서 곧바로 그 관계를 단절시킬 수는 없다. 만약 갈등이 생길 때마다 관계 단절을 시도한다면 필시 혼자 사는 방법밖에 없다. 그렇기 때문에 갈등을 해소하기 위해 노력하거나 때로는 속 쓰린 통증을 혼자 삭히며 살아가는 게 일반적이다. 그런데 이러한 갈등이 관계가 좋지 않은 사람들 사이에서만 발생하지 않는다는 데 문제가 있다. 갈등과 상처는 서로 호감이 있고 인간적 매력을 느끼고 있으며 끈끈한 인간적 관계를 유지하는 사람 사이에서도 부지불식간에 찾아온다. 서로에 대해 너무나 잘 알고 있으며 가족보다 더 자주 만나던 관계를 갖던 사람들이 어느 날 갑자기 원수처럼 돌변하는 모습을 우리는 의외로 자주 발견한다. 이러한 상황은 별로 절친하지 않았던 사람과의 관계가 틀어졌을 때와 비교해보면 너무도 큰 상처와 아픔을 동반한다. 원하지 않았지만 서로의 오해가 불러온 갈등 상황은 양자 모두에게 평생 남을 수 있는 상처를 동시에 입히는데 이를 잊어버리는 데는 많은 시간과 노력이 필요하다. 그 관계가 깊으면 깊을수록 상처가 치유되는 시간은 비례하며 더 힘들다. 그렇다고 척박한 세상살이에 좋은 지인을 만들지 않고 살 수도 없는 노릇이다. 나 역시도 이러한 상황을 여러 차례 경험하면서 힘들고 고통스러웠으며 결국에는 관계회복을 포기했던 경험을 가지고 있다. 오랜 시간이 지나면서 그 경험을 잊고 살게 되지만 어느 순간 문득 생각이 날 때도 있는데 그럴 때마다 기분은 매우 좋지 않다.

나는 몇 번이나 반복되는 이러한 상황이 너무도 싫었고 더 이상 다른 사람에게 상처받기를 원하지 않았기 때문에 나름대로 자기방어적 기제를 발동하는 습관이 생겼는데, 가족을 제외한 누구에게도 내 마음 100%를 모두 주지는 않는 것이다. 피를 나눈 가족은 뼈와 살을 가르는 심정이 아니라면 평생 가져갈 관계로서 상처를 받아도 어쩔 수 없는 관계이며 아무리 심한 갈등 상황에 직면하더라도 다시는 안 볼 수 없는 관계이기도 하다. 그러나 누구나 한두 번은 경험했듯이 혈연관계를 제외하고 맺어진 사회 속에서의 관계는 얼마든지 단절될 수 있음을 알고 있다.

어쨌든 좋은 사람과의 갈등에서 오는 상처를 극복하는 방법은 사람마다 다양하다. 나도 조금이라도 덜 아프기 위해 나만의 방법을 터득하고 있는데 그 첫 번째 방법은 내가 절대 원하지 않는 상황에 다시는 마주치지 않기를 기도한다. 두번째, 우호적 관계 형성을 맺은 사람과의 갈등을 만들 수 있는 일은 되도록 회피한다. 세번째, 그럼에도 불구하고 갈등이 생기면 상대방의 의견을 경청한 다음 내 의견을 제시하고 갈등을 조정해 나가려고 노력한다. 이는 공식적인 자리뿐만 아니라 사적인 자리까지도 갈등이 해소될 때까지 계속 이어져야 한다. 네번째, 아무리 우호적이고 호의적 관계라 할지라도 상대방을 향한 내 마음의 10%는 반드시 남겨둔다. 이렇게 하면 관계가 파국으로 치닫더라도 최소한의 위안을 스스로 찾을 수 있다. 마지막으로 이렇게까지 노력해도 봉합되지 않는 관계는 깨끗이 정리해 버리는 것이다.

사람과의 관계는 반드시 갈등을 동반한다. 다만 그 갈등의 크기가 다를 뿐이다. 이 갈등을 해소할 수 있는 자기만의 방법을 발견해 내지 못하면 감당해야 할 고통이 너무 크다.

젊은 애가 별나다?
별(star)나다!

K는 내가 대학에서 연구교수를 할 때의 제자다. 생각도 깊고 공부도 잘하고 거기에 얼굴도 예쁘다. 3학년을 마치고 4학년이 되기 얼마 전 K가 나를 찾아왔다. 학교를 휴학하고 전라도로 내려간단다. 1년만 더 공부하면 졸업인데 갑자기 휴학한다기에 당연히 이유를 물어보았다. K는 전라도 어느 시골에 있는 농부학교에 입학하기로 했다고 한다. 이 농부학교는 1년 과정인데 농부가 되기 위한 모든 과정에 대해 교육을 한다고 했다. 1년 동안 농부가 되기 위한 교육을 모두 마치면 다시 복학하여 졸업할 것이라고 한다.

"졸업하면 무엇을 할 거니?"

"하하하~ 당연히 귀농해서 농사지어야죠."

나는 이 장면에서 참으로 못난 질문을 하고 말았다.

"그럴 거면 뭐하러 복학을 하냐? 어차피 농사지을 거면 졸업 안

해도 되잖아?"

이 어리고 여린 제자는 이런 나의 우문에 훌륭한 현답을 했던 기억이 난다.

"에이~ 농사짓는다고 공부 안 하나요?"

치열한 경쟁 사회에 살고 있는 우리는 이를 그대로 다음 세대에 대물림하고 있다. 좋은 직장에 들어가기 위한 스펙을 쌓기 위해 해외 어학연수는 기본이며 줄기차게 정보의 바다를 헤엄치며 하나의 스펙이라도 더 쌓기 위해 고군분투하는 젊은 세대를 보고 있노라면 해외여행 자유화 이전에 대학 생활을 했던 나로서는 낯설기만 하다.

조금이라도 뒤처지면 살아남지 못할 것 같은 이 살벌한 사회의 분위기를 조롱하듯 대안적인 삶을 고민하는 청년의 모습은 아름답다. 아직 어린아이임에도 불구하고 자기의 삶에 대한 성찰과 그 대안을 도출해 내는 모습은 대충대충 세월만 보내다가 늙어 버린 우리 기성세대들에게 작은 가르침을 준다. 최소한 이러한 친구들이 많아진다면 그다음 세대의 삶은 좀 더 나아지지 않겠느냐는 기대를 하게 해준다. 어쩌면 K는 길지 않은 삶을 살면서 지쳐가는 삶을 돌파할 수있는 자기만의 치유 방식을 찾은 듯하다. 경쟁에 내몰릴 수밖에 없는 도시 생활을 과감히 포기하고 농업적 공동체를 고민하는 K는 '지침'의 치유 방식을 어린 나이에 벌써 찾았다. 도시 생활이야말로 사람 간의 무한경쟁이 당연한 생존 철학으로 여겨지는 공간이며 그 관계 속에서 수많은 '지치는 일'들을 만들어 내기 때문이다.

어쩔 수 없이 우리는 자본주의 체제 속에서 살아가고 있다. 이러한 상황을 회피하거나 대안으로써 귀농을 선택하는 것이 무조건 옳다는 말은 아니지만 다양한 대안의 모색은 반드시 필요하다고 생각한다. 실제로 내가 연구를 위해 경기도 이천과 안성의 몇몇 농가를 방문해 조사해 본 결과에 의하면 젊은 농부들 모두가 일 년에 억대의 수입을 올리고 있었으며 삶의 질도 훌륭하게 만들어가는 모습을 보았다.

학계에서 이름만 대면 알 만한 어떤 선생님께서 자본주의 이후의 '새로운 사회'에 대한 강의를 하신 적이 있어서 참석했던 적이 있다. 자본주의 이후의 사회는 다음 해에 필요한 물품들을 개인이 공동체에 신청하고 공동체는 이를 취합하여 공동으로 소유한 생산수단을 통해 만들어 냄으로써 경쟁과 갈등이 해소될 수 있다는 것이다. 미래 대안사회의 개념도를 이처럼 단순하게 표현하신 것은 수강생들의 이해를 돕기 위해서일 것이다. 그러나 공동체를 구성할 때 모든 구성원의 욕망을 충족시킬 수 있는 대안을 찾을 수 있을지는 미지수다. 인간의 욕망을 어떻게 통제할 수 있다는 말인가? 만약 이와 같은 새로운 사회가 만들어진다면 모든 구성원이 예수님이나 부처님, 공자와 같은 수준의 도덕성과 인성이 갖추어져야 한다.

그럼에도 불구하고 귀농을 통해 공동체를 만들어 대안적 삶을 살아가길 원하는 K야!

"네가 추구하는 삶의 방식은 분명히 의미가 있으며 너와 같은 건강한 젊은이들이 오히려 어떤 성자들보다 훌륭할 수도 있단다. 영롱하게 반짝이는 젊음의 빛을 나이가 들어가더라도 꺼지지 않도록 주의해 주었으면 한다. 악을 쓰며 내 젊은 날의 빛을 지키려고 하는데 자꾸만 빛이 흐려진다."

직장생활이 힘들 때,
마지막 기회라는 건 없다

내가 가장 듣기 싫은 말이 '마지막 기회라고 생각하고⋯⋯'이다. 당장 내일 죽을 것도 아닌데 왜 마지막이라는 절망적 단어를 사용하는지 모르겠다. 물론 그만큼 단단한 각오를 하고 최선을 다하라는 의미겠지만, 암튼 나는 마음에 와 닿지 않는 단어다. 숨이 멎는 그 순간이 아니면 마지막은 절대 아니다. 대학교 시절 어느 선배가 내게 말하기를 사람은 살면서 세 번의 기회가 온대나 어쩐대나⋯⋯. 그때는 정말 그런 줄 알았다. 하지만 세상살이는 그렇게 단순하지 않다. 어떤 사람에게는 성공의 기회가 수십 번 올 수도 있고 어떤 사람에게는 평생 단 한 번의 성공 기회도 오지 않는다. 따라서 마지막 기회라는 건 절대 없다. 성공을 이루기 위해 준비하고 때를 기다려도 자신의 능력을 펼칠 기회가 오지 않는 경우가 더 많다. 더군다나 먹고살기 위해 직장생활을 때려치우지 못하는 직장인들의 비애는 자기능력의 계발과 성공은 다른 나라의 이야기처럼 공허하다. 그렇지만 직장생활은 우리 삶의 많은 시간을 차지하는 중요한 부분이기도 하다. 직장은 이윤 추구를 위한 실적을 위해 존재하는 공간이기도 하지만 사람 간의 사회적 관계도 동시에 존재하는 공간이다. 결국, 사람과의 관계가 직장생활의 질을 결정하는 큰 요소라고 할 수 있다. 같이 일하면 능률이 오르고 실적이 좋은 상사가 있는 반면에 같이 일하는 자체가 짜증이며 업무를 마친 후 갖게 되는 술자리에 단골 안주로 등장하는 상사가 있다. 이런 사람들은 함께하는 사람을 지치게 한다. 이런 사람과의 문제는 정신적·육체적으로 피곤하다. 경우에 따라서는 이러한 상사로 인해 회사를 퇴직하는 사람도 있다. 실제로 한 설문조사에 따르면 충동적으로 사표를 던진 사람이 직장인의 66.0%나 된다고 한다. 사표를 낸 사람들의 57.8%는 상사와 동료들과의 문제 때문이라고 답한 사람들이었고 그다음으로는 낮은 월급에 대한 반발심이 19.8%였다고 한다. 이러한 결과는 많은 사람이 인간관계를 어렵고 힘들게 생각하고 있다는 것을 보여 준다. 그런데 이처럼 충동적으로 사표를 내기까지는 불편하고 힘들었던 관계가 지속적이고 반복적으로 되풀이되고 있었음이 분명하다. 실례로 우리 집안의 조카 녀석이 회사를 그만두었는데 상사로부터 지시받는 업무의 양이 엄청나게 많았다. 주말도 없이 야근할 정도였는데 조카는 그 상황을 극복하기 위해 나름대로 다양한 방법을 동원했다. 상사와의 술자리 빼지 않기, 회사에서 친한 척하기, 아침 일찍 출근하기 등 힘들다는 자기만의 신호를 상사에게 보냄으로써 그러한 상황을 극복하려 했지만 결국 사표를 던지고 말았다. 지금은 아르바이트하면서 새로운 직장을 알아보고 있는데 기죽지 않고 지내는 모습이 보기 좋다.

어차피 평생직장이라는 개념은 우리 사회에서 사라진 지 오래다. 회사는 구조조정을 통해 인건비를 줄이려고 하고 못된 직장 상사는 감정적인 문제로 또는 회사에 충성함으로써 자리를 보전받기 위해 부하 직원을 닦달한다. 이러한 관계는 호전될 기회 없이 일방적으로 진행될 때 고통스럽고 지친다. 그렇지만 직장의 상하관계에서 반드시 부하 직원만 마음이 지치는 것은 아니다. 직장의 상사도 어쩔 수 없이 업무의 효율성 제고를 위한 악역을 맡을 수밖에 없는 상황일 수도 있다. 이를 서로 이해하지 못하면 그 관계는 악화일로로 갈 수밖에 없다. 따라서 사람 간의 관계는 공동으로 회복할 필요가 있으며 우리나라의 정서상 부하 직원이 먼저 손을 내미는 편이 맞다. 혼자 아파하지 말고 가해 당사자라고 생각하는 사람에게 직접 관계 호전을 시도해야 한다.

이와 같은 사람 간의 관계 설정은 직장뿐만 아니라 우리가 살고 있는 더 큰 사회 속에서 다양한 대상들을 통해서 만들어진다. 친구, 친척, 친지, 선배, 후배 등 모든 관계는 사람과 사람이 만들어내고 나는 이러한 관계를 판단하는 위치를 차지한다. 그러나 반대로 보면 나는 타인에 의해서 이런저런 평가를 받는 위치에 있다. 다른 사람이 나를 만날 때 그를 지치게 하는지 아니면 편하고 즐겁게 해주면서 기운을 북돋아 주는 사람인지 평가를 받게 된다. 모든 게 역지사지(易地思之)의 이치를 벗어나지 않는다. 나는 누군가를 개개인의 잣대에 맞추어 판단하고 재단하기 전에 자신을 성찰하고 정의하는 일이 먼저라고 생각한다. 내가 누군가를 힘들고 지치게 만드는 사람이라면 나 역시 누군가에게 마음의 위안과 치유를 얻기 힘들다.

그림을 그리거나 감상을 할 때 색깔의 조화는 우리에게 감동을 준다. 만약 어울리지 않는 색이 조합되어 있다면 보는 내내 불편하다. 사람도 마찬가지로 각자가 가지고 있는 색깔이 있다. 이는 눈에 보이지 않는 색이며 아마도 개성이라고 표현하는 것이 적절할 것이다. 어떤 사람을 만나면 편하고 즐거우며 계속 같이 있고 싶은 욕구가 발생하며 내게 새로운 힘을 주는 듯한 기분을 들게 하는 사람이 있다. 반면에 어떤 사람은 만나는 시간이 지루하고 괴로우며 같이 있는 내내 지친 기분을 갖게 한다. 좋은 사람과 갖는 술자리는 즐겁고 술도 잘 취하지 않으며 다음날도 숙취가 덜하다는 사람들을 종종 만나는데 아마도 전자의 사례와 일맥상통할 것이다.

만약 내가 누군가에게 위안을 주는 사람이라는 평을 듣는 사람임에도 불구하고 직장생활이 힘들다면 그 직장을 당장 때려치우기를 권한다. 그 사람들은 당신을 위로하거나 평안하게 할 사람들이 아니다. 당신 같은 사람을 환영할 직장은 많으며, 남아 있는 그들은 그렇게 살도록 둘 수밖에 없다. 반대로 사람들이 당신을 멀리하려 하고 피한다면 자존심이고 뭐고 접어두고 그 직장에서 떠나지 마라. 어차피 어디를 가든 같은 상황만 반복될 것이기 때문이다.

용서와 화해

EBS에서 방송되는 프로그램 중에 '용서'라는 프로그램이 있다. 오랜 기간 절친하게 지낸 사이지만 어떤 계기로 관계가 소원해지고 결국에는 갈등의 골이 깊어져 원수처럼 지내는 사람들에게 함께 여행하며 서로에 대해 이해하고 화해할 수 있도록 도와주는 리얼 프로그램이다. 나는 매주 이 프로그램을 챙겨 보는데 오랫동안 쌓여 있던 갈등이 해소되는 과정을 지켜보며 나 또한 작은 감동을 하기 때문이다.

얼마 전에는 남사당 바우덕이 풍물단의 줄타기 명인과 꽹과리 명인의 이야기가 그려졌다. 남사당패 최고의 어름산이(줄꾼) 권원태와 꽹과리 일인자 김복만! 두 사람은 20년 전 안성시립 남사당 바우덕이 풍물단에서 줄타기 상임단원과 풍물단 쇠재비로 만났다. 풍물단의 공연은 줄꾼이 지상 3m의 줄 위에서 재주를 부리고 풍물패가 아래에서 자리 잡고 앉아 악사들이 공연하며 장단을 맞춤으로써 이루어진다. 이들에게 갈등이 생긴 계기는 꽹과리 명인인 김복만 씨는 어름산이인 권원태 씨보다 풍물패의 선배이며 나이도 더 많은 데다가 줄꾼인 어름산이가 수입 대부분을 차지하고 악사들을 보조처럼 다루는 문제에서 발생했다.

그러나 이들 두 사람에게도 각각의 이유는 있었다. 권원태 씨는 줄타기가 너무 위험하고 나이가 들면 할 수 없는 일이기 때문에 수입의 9/10를 차지하더라도 공정하다고 생각하고 있었고 김복만 씨는 1/10의 수입으로 다른 악사들의 생계까지 책임져야 하는 상황에 힘들어하고 있었다. 이러한 상황은 과거에서 현재까지 반복되고 있었고 앞으로도 반복될 일이었으나 그렇다고 두 사람이 각자의 길로 갈 수도 없는 딱한 사정이었다. 김복만 씨는 이 상황에 힘들어하고 있었으며 권원태 씨도 자신만의 이유로 전혀 양보할 마음이 없었다. 그러나 이들은 인도네시아의 오지를 찾아다니며 만났던 전통공연단을 만난 후로 서로의 마음을 조금씩 이해하며 화해를 하게 되는 계기를 만들게 된다. 인도네시아의 전통 공연단은 연주를 하는 악사와 그릇을 깨며 그 위에서 위험한 공연을 하는 여성 무용수들로 이루어져 있는데 공연 수입을 공평하게 반반씩 나누어 가진다고 한다. 물론 깨진 그릇 위에서 춤을 추는 여성무용수가 더 큰 위험에 노출되어 있지만 하나의 공연을 하기 위해서는 각자만의 '역할!'이 있고 누구라도 그 역할에 충실하지 못한다면 그 공연은 완벽하지 못한 미완성의 작품이 되고 말 것이기 때문이란다. 결국, 역할에 대한 '인정'과 '존중'이 그들에게 갈등의 원인을 사전에 제거시켜 버린 것이다. 인도네시아의 깊숙한 오지에서 두 한국인은 서로에 대해 깊이 있는 이해를 가졌을 뿐만 아니라 수익과 배분에 관한 새로운 패러다임을 보고 느꼈을 것이다. 공연 수입의 9/10를 가지고 갔던 권원태 씨는 수입의 재분배를 고민해 보겠노라고 한발 뒤로 물러나 상대를 이해하기 시작했으며 김복만 씨는 이를 고맙게 생각했다. 서로의 역할에 대해 '인정'하고 '존중'하는 마음이 그들에게 공유되기 시작한 것이다.

사실 인도네시아 공연단은 권원태 씨와 김복만 씨뿐만 아니라 우리 모두에게 큰 가르침을 주었다. 수익과 배분의 문제는 프로그램의 주인공이었던 두 사람만의 문제가 아니라 우리 모두의 문제이기 때문이다. 그렇다고 모든 사람에게 공정한 분배가 이루어지는 공산사회를 주장할 정도로 나는 순진하지 않다. 그러나 충분한 능력이 있고 몸담은 조직에 기여한 부분에 대한 분배는 반드시 이루어져야 한다. 아무리 야근을 하고 휴일 특근을 하더라도 조직에서 인정하지 않고 제대로 평가해 주지 않는다면 이는 착취가 분명하며 조직에서의 이런 행태는 사람을 지치고 힘들게 만들며 구성원이 갖춘 능력을 절반도 이끌어내지 못하는 부작용을 낳을 수밖에 없다. 이런 행태를 가진 조직은 결코 생명력이 길지 않으며 사회에도 이롭지 않다.

만약 직장에서 자기의 능력을 충분히 발휘하고 있음에도 불구하고 직장의 상사나 사장이 인정하지 않고 대우해 주지 않는다면 서둘러 새로운 직장을 알아보아야 한다. 조직 구성원들에 대한 착취와 불평등한 분배구조를 당연하게 여기는 사장과 거기에 빌붙어 사는 직장 상사는 오히려 당신의 인생을 피폐하게 만드는 존재가 될 것이며 사람의 가치를 알아보지 못하는 무식함 때문에 인격적인 관계를 지속하기 어렵다. 그런 사람과는 용서고 뭐고 필요 없는 관계다. 뒤도 돌아보지 말고 당장 관계를 정리하는 편이 이익이다. 그러나 만약 분배구조의 부당함을 인정하고 진솔하게 조정하고자 하는 의지를 가지고 있으며 부하직원을 '사람'으로 인정하는 사장과 직장 상사라면, 무조건 마음속에서 진정한 용서를 하고 화해에 적극적인 모습을 보여야 한다. 그런 사람들은 평생 살면서 한 번 만나기도 어려운 사람들이기 때문이다. 실제로 취업포털 커리어(www.career.co.kr)가 직장인 724명을 대상으로 '이직 경험'과 '이직 사유'에 대한 설문조사를 2013년 11월 21일 발표했는데 이직 사유는 '연봉'이 24.8%로 1위를 차지했다. 이어서 '복지'(17.5%), '잦은 야근'(14.9%), '과도한 업무량'(14.1%), '희망퇴직 권고'(13.8%), '인간관계 트러블'(7%), '잦은 회식'(3.6%), '적성에 맞지 않아서'(3.5%)의 순이었다. 결국, 불평등한 분배구조가 삶의 행태를 불안정하게 만드는 큰 이유 중의 하나이며 공정한 배분 방식이야말로 우리가 '지치고 힘듦'에서 해방될 수 있는 탈출로 중의 하나임이 틀림없다.

지도자가 되고 싶다면

우리는 살면서 많은 사람과 인적 네트워크를 형성하게 되는데 관계 맺기에 따라 사회적 역할이 결정된다. 이를 풀어서 말하면 어떤 모임에서 막내 역할을 하는 한 개인이 직장에서는 누군가의 상사일 수도 있으며 또는 이와 반대의 경우도 얼마든지 가능하다는 의미이다. 즉, 개인은 사회적 역할에 따라 어떤 집단의 지도자가 되기도 하고 단순한 구성원이 되기도 하며, 집단의 크기와 관계없이 지도자의 역할은 무척이나 중요하다.

훌륭한 지도자를 가진 조직은 그 역량을 충분히 발휘함으로써 막강한 팀워크를 보여주는 경우를 많이 보는데 이는 조직의 지도자가 매우 중요한 역할을 하고 있음을 보여준다. 그러나 누구나 지도자가 될 수는 없으며 아무나 되어서도 안 된다. 흔히 하는 이야기대로 '깜'도 되지 않는 사람이 지도자의 역할을 수행할 때 발생하는 부작용이 너무 크기 때문이다.

일반적으로 우리 사회에서의 지도자는 좋은 대학을 나왔거나 유학을 다녀온 학벌 좋은 사람, 또는 종교 지도자, 사회명망가, 그리고 (인정하고 싶지 않지만) 정치인들을 일컫는다. 그러나 이러한 외형적 조건만이 지도자를 규정해서는 안 된다는 것이 내 생각이다. 진정한 지도자는 보이는 조건뿐만이 아니라 내적 인품이 완성되어 있어야 한다. 이러한 인품은 좋은 학벌이나 뛰어난 두뇌를 가진 사람이라고 해서 저절로 만들어지는 것은 아니며 처절하고 치열하게 성찰하고 고뇌하는 인고의 시간을 거치면서 만들어진다. 남보다 머리가 좋아 훌륭한 대학을 졸업했다 하더라도 이 조건이 지도자의 전제 조건은 절대 아니라는 말이다. 예를 들어, 우리가 의사나, 변호사, 판사와 같은 직업인에 대해 갖는 선입관은 절대적으로 선량하거나 정의롭거나 또는 근거 없는 훌륭함일 것이다. 그러나 실상은 그렇지 않고 이들도 직업인일 뿐이며 이들의 인격이나 품성에 관해서는 평가 기준을 달리해야 할 것이다.

그렇다면 과연 지도자는 어떤 사람이어야 하는가? 이 질문에 대한 답은 사람마다 모두 다를 것이며 옳고 그르고의 문제가 아니므로 철저한 내 생각에 따른 기준을 말하고자 한다. 먼저, 지도자는 다른 사람에게 대접받기를 바라지 말아야 한다. 한 사회의 지도자가 된다는 의미는 부수적으로 권력을 획득한다는 의미를 내포하는데 권력은 타인의 자발적 또는 비자발적 복종과 예우를 동반한다. 다시 말해 한 집단의 구성원들은 지도자에게 언제 어느 때라 할지라도 '대접'할 마음의 준비를 하고 있다는 말이다. 그런데 지도자가 이러한 대접을 즐기기 시작하는 순간 그 집단의 공공적 가치 추구는 삼천포로 빠지게 된다. 이 순간부터 그 사회의 구성원들은 지치기 시작하고 사회의 구성원들이 염원하는 지도자상과 반대의 괴물 지도자가 탄생하는 것이다. 인간은 나약한 존재라는 것을 인지하고 있기 때문에 신을 섬긴다. 그러나 이는 관념적이고 정신적 힐링일 뿐 현실 세계에서의 행복을 추구하기 위해서는 사회의 지도자에게 많은 부분을 의지하는 것이 사실이다. 하지만 지도자가 제 역할을 하지 못하고 구성원들에게 짜증과 정신적 피로감을 선물하는 순간 더 이상 그는 지도자가 될 수 없으며 오히려 분노의 표출 대상으로 전락하고 말 것이다.

공공의 가치와 공공선을 추구해야 하는 지도자가 자신의 지위와 사적 가치를 즐기기 시작하면 그 집단이 망하는 건 시간문제일 뿐이다. 지도자는 집단의 구성원들에게 늘 겸손해야 하는데 이러한 행동은 자신의 사회적 지위를 남들보다 항상 아래에 놓아야 하는 마음가짐이 필요하므로 엄청난 인격 수양이 필요한 일이다.

둘째, 지도자는 아랫사람의 능력을 이용하지 말고 그 마음을 얻어야 한다. 인간의 삶은 기본적으로 생존하기 위한 과정이다. 그 과정에서 타인을 이용하기도 하고 제압하기도 하며 때에 따라서는 협력하기도 한다. 그러나 같은 집단 내에서 지도자는 집단의 구성원들, 다시 말해 아랫사람을 이용하거나 제압하려는 생각은 하지 말아야한다. 집단 구성원은 같은 목표를 향해 나아가는 동지이기 때문에 이용이나 제압의 대상이 아니다. 만약 지도자가 구성원들에 대해 이용의 대상이나 제압의 대상으로 상정한다면 그 구성원들의 충성심을 담보하기가 어렵다. 인간은 자신의 능력을 절감하면서 지도자의 길을 포기하는 사람이 대부분이지만 결코 바보는 아니기 때문이다.

지속해서 그리고 집요하게 집단 구성원을 이용하려는 지도자는 구성원들의 정신적 힘듦과 고통을 절대 이해하지 못한다. 이런 행태가 습관화된 지도자는 더 이상 구성원들의 삶을 피폐하게 만들지 말아야 한다.

셋째, 지도자는 같은 길을 가는 아랫사람의 가정에 관심을 가져야 한다. 같은 길이라는 범위에 대한 규정을 해보면 작게는 같은 목표에 동의하는 작은 집단의 길일 수도 있고 크게는 국가처럼 큰 단위에서 설정할 수 있는 길도 있다. 그러나 같은 목표를 가지고 같은 길을 가는 집단의 크기가 크든 작든 그 구성원들의 가정환경에 관심을 가져야 하는 것은 마찬가지이다. 가정이 편안하지 못하면 일의 효율성이 떨어짐은 물론 가정의 편안함을 위해 다른 집단에 대한 동경을 가질 수 있다. 이는 집단의 결속력과 구성원들이 가지는 소속감을 감소시키면서 지도자에 대한 신뢰에도 영향을 미치게 된다.

결국, 지도자가 갖추어야 할 소양 중에서 가장 으뜸은 '소통'이라고 할 수 있다. 위와 같이 지도자의 역량을 발휘하기 위해서는 '사람과 소통할 수 있어야 한다. 상대방에 대한 존중과 사회에 대한 헌신, 그리고 소통 의지가 없는 지도자라면 다른 사람들에게 소통이 아닌 고통만 안겨주게 될 것이다. 타고난 출신 성분이 좋거나 명석한 두뇌를 가졌기 때문에 좋은 대학을 졸업했더라도 사람을 존중하지 못하는 사람은 작은 집단의 지도자도 되어서는 절대 안 된다. 자기의 생존을 위한 도구로 사람을 이용할 가능성이 매우 크기 때문이다.

역사적으로 보아도 집단의 구성원들을 이용만 하는 파렴치한 지도자는 뒤끝이 좋지 않다.

07

다 주고 껍데기만
남는 것이 인생이다

올해 진갑을 넘은 집안의 큰형님은 몇 년 전에 명예퇴직하셨다. 구조조정이 살벌하던 그때 어쩔 수 없는 선택이셨을 게다. 어디에 내놔도 번듯한 직장을 가진 큰형님 덕분에 친척들은 모임을 해도 부담이 없었다. 다른 친척들은 다들 고만고만한 밥벌이라도 하고 있으며 작은 집이라도 한 채씩 가지고 있는 평범한 대한민국의 중산층이었지만 가족 모임에서는 항상 큰형님이 식사비용을 내시곤 했다. 마침 큰형님이 다니던 회사에 고등학교 선배가 있었는데 어느 날 나에게 하는 말이 "면도칼 같은 그런 양반하고 같은 집안인 게 불편하지 않으냐"고 물어왔다. 물론 농담처럼 던진 말이었지만 난 그 말에 절대 공감할 수 없었다. 사돈의 팔촌까지 자상하게 살피고 보듬는 형님의 성품을 평소에 보아왔던 나로서는 직장에서의 그러한 살벌함(?)을 선뜻 상상하기 어려웠다.

　　그랬던 형님이 지금은 명예퇴직하시고 부동산 중개 사무실을 하고 계시는데 현직에 있을 때 그렇게 찾아오고 연락하던 사람들의 연락이 뚝 끊긴 눈치다. 바쁘게 사시던 양반이 사무실에서 컴퓨터 모

니터를 보는 시간이 더 많아 보인다. 다행히 조카들은 모두 장성해서 결혼을 한 녀석도 있고 그렇지 못한 녀석도 있다. 하지만 대한민국 부모의 마음은 모두 비슷한가 보다. 현직에 계실 때는 경제적 풍요를 가족에게 선물했던 형님이 지금은 그렇지 못하다 보니 다른 방식으로 자식들에 대한 애정을 묵묵하게 표현하시는데, 매일 아침 5시에 일어나 인근 사찰로 기도하러 다니신다. 언젠가 형제들끼리 술을 한잔 마시는 자리에서 하시는 말씀이 그동안 아이들에게 해준 게 없어서 이렇게라도 해야 마음이 편해지실 것 같다고 하신다. 아마도 대한민국의 부모님들 마음이 모두 이렇지 않을까 싶다. 조카들도 시간을 쪼개 자주 집에 들르기 위해 노력하는 모습을 보면 3자인 내가 보기에도 유쾌하다. 더 이상 과거의 찬란함으로 돌아갈 수 없음을 형님은 잘 알고 계실 것이다. 그러나 가족과 친지에게 희생하며 스러진 인생을 우리 모두 잘 알고 있다.

공무원 시험에 연이어 낙방한 막내 녀석은 시험을 포기하고 취업 준비를 한다고 한다. 더 이상 부모님께 폐를 끼치고 싶지 않기 때문이란다. 비록 시험에 떨어졌지만, 아버지로부터 성실한 품성을 그대로 물려받은 녀석은 어디를 가더라도 자기 몫을 충분히 하고도 남을 녀석이다.

이 시대 대부분 아버지처럼 형님도 가족을 위해 살았고 인생이 마무리된 것처럼 허망하실지 모르겠다. 그러나 눈물을 흘리며 아버지에 대한 이야기를 경청하고 그 고단한 삶을 이해하는 가족들이 있기에 앞으로 더 행복한 삶을 사실 것을 믿어 의심치 않는다. 우리 개개인의 삶이 지치고 힘들지라도 미래의 희망을 염원하고 기도해 주는 부모님 덕에 지침의 보상을 받는다.

우리의 부모님들은 모두 우리 형님과 비슷한 삶을 살다가 간다. 아마도 우리처럼 부모와 자식 간에 끈끈한 정이 넘치는 민족이나 국가도 흔치 않을 것이다. 그런데 재미있는 사실은 이처럼 끈끈한 정을, 부모님은 자식들을 위해 표현하고 더 쌓으려고 노력하는 반면에 자식들의 행동은 그렇게 보이지 않는다. 옛말에 못난 자식이 효도한다는 말이 있다. 똑똑하고 잘난 자식들은 청운의 꿈을 펼치기 위해 부모의 슬하를 떠나지만 똑똑하지도 않고 잘난 것도 없는 자식은 부모님 모시고 살면서 극진하게 봉양하는 삶이 전부인 듯 살기 때문이리라.

아무리 똑똑하고 명석한 사람이라도 사는 게 지겹고 힘들 때가 있고 부모님의 나에 대한 정성과 마음은 큰 위로가 된다. 통신비가 과다하게 청구되더라도 매일 부모님께 전화 드려라. 부모님은 외롭지 않아서 좋고 우리는 효도해서 좋다.

08

여행자의 삶처럼

가만히 생각해 보면 우리의 삶이라는 게 참으로 악다구니 같다. 나와 내 자식들을 위해 세상과 타인과 지속해서 치열하게 싸우면서 살아야 하기 때문이리다. 토머스 홉스*가 말한 대로 '인간은 자연상태에서 만인의 만인에 대한 투쟁 상태'일지도 모른다. 인간은 타인

---

* 토머스 홉스(Thomas Hobbes, 1588~1679)

영국의 맘즈베리 출생으로 옥스퍼드대학에서 철학을 전공한 철학자이자 정치사상가. 특히 주저 『리바이어던(Leviathan)』(1651)과 '만인의 만인에 대한 투쟁(bellum omnium contra omnes)'이라는 자연상태론이 유명하다. 리바이어던에서 전제군주제(專制君主制)를 이상적인 국가형태로 생각했다. 홉스의 정치사상의 실천적 과제는 내란의 원인이 된 헌법논쟁과 교회통치의 문제를 둘러싼 정치투쟁과의 해결을 찾는 것이었다. 홉스의 정치론은 시대의 쟁점의 성격을 응시하여 성직자의 세속적 전관(專管)사항을 세속의 주권자에게 이행시키고, 그 권력의 정통성과 절대적 우위를 주장하고 있기 때문에 일종의 세속주의적인 국가론이라고 할 수 있다. 홉스는 인간론에 있어서 신학적 입론으로의 의거를 피하고 자연철학적으로 인식능력이나 정념(情念)의 작용에 대해서 분석·해명하고, 자연상태에 있어서 자기보존이 전쟁상태를 초래하고 그 자기모순을 깨달은 인간은 계약에 의해 자연권의 상호양도를 실행하고, 계약의 규범력을 담보하는 물리적 강제로서 단일의 인격으로서 공통의 권력을 설립하고, 그것이 주권적 권력을 갖는 하나의 인간 또는 하나의 합의체로 나타난다. 그 상호 양도(讓渡) 후의 자기보존 수단의 판정권은 주권자인 국가에 절대적으로 수권된다. 이론의 적극성이 절대주권의 성립에 있다는 점에서는 복종계약을 중핵으로 한 사회계약론이라고 할 수 있다(출처: 21세기 정치학대사전).

과의 관계 정립 속에서 갈등이 생기기도 하고 좋은 감정을 주고받기도 한다. 그러나 어느 날 훌쩍 여행을 떠나 길 위에서 만나게 되는 사람들과는 악다구니 감정이 생기지 않는다. 일상을 벗어났다는 홀가분한 마음과 서로의 이해관계가 충돌하지 않는 관계로 대면하게 되기 때문이겠지만 한편으로는 낯선 곳에서의 두려움과 조심스러움이 자신의 몸가짐과 마음을 겸허하게 만드는 것이 아닐까 생각한다.

낯선 환경에 처한 여행자는 그곳의 환경, 음식, 지리 등에 대해 궁금해하고 그곳의 누군가가 도움을 준다면 기꺼이 받아들일 준비를 하고 있으며 감사한 마음으로 도움을 받는다. 낯선 환경에 놓인 여행자의 마음은 스스로 겸손해지지 않을 수 없으리라. 여행지에 사는 원주민은 그들만의 갈등과 화합 속에서 살고 있겠지만, 여행자에게는 관계없는 일일 뿐이다. 원주민의 사회적 공간에 뻘쭘하게 들어간 여행자는 그들 내부의 상황에 관여하지 않는다. 그러나 여행자의 자격을 버리고 그들의 사회적 공간에 완전히 들어간다면 내부의 갈등과 융화 등 선택의 갈림길에 서고 헤게모니 투쟁 속으로 본격적으로 진입하게 될 것이다.

결국, 여행자가 갖는 마음은 원주민 내부의 복잡한 문제와는 관계없이 그들 자체를 인정하고 존중한다는 점이다. 바로 이런 마음을 우리가 사는 일상 속에 적용한다면 사람과의 관계에서 오는 불편함을 조금이라도 줄일 수 있지 않을까?

　내가 아주 어릴 때 할머니가 동사무소에 갈 일이 있어 따라갔던 적이 있었다. 할머니는 동사무소에 들어서자마자 허리를 굽히며 황송한 표정을 지었는데 한동안 그곳에 앉아서 지켜보니 대부분 사람이 공무원을 어려워했던 기억을 가지고 있다. 하지만 지금은 누구도 동사무소에서 허리를 굽실거리지 않는다. 공무원이 군림하지 않고 서비스를 제공하는 직업이라는 의식이 정립된 측면도 있지만, 한국 사회의 다이내믹한 변화도 그 이유 중의 하나일 것이다. 그동안 한국사회는 격동의 70~80년대를 거치면서 국민들의 민주화 의식이 괄목하게 성장했을 뿐만 아니라 기이하게 이식된 자본주의 경제 속에서 엄청난 경제 발전을 이루어냈다. 배우지 못했던 우리 부모님 세대의 맹목적인 사랑은 자식에 대한 교육열로 나타나면서 전반적인 교육 수준도 엄청나게 향상되었다. 이처럼 국민들은 줄탁동시(啐

啄(同時)의 조건 속에서 누구도 자신을 못난 사람이라고 생각하지 않게 되었다. 사람과 사람 사이의 관계는 이해득실에 따라 결정되고 있다. 누구도 맹목적인 의리나 사랑을 베푸는 사람을 보기 힘든 세상이 되어 버렸다. 이해득실을 먼저 따져보는 관계에서 서로 간의 오해나 갈등은 일상다반사가 된다. 두레나 향약, 품앗이처럼 공동체를 통한 화합과 웃어른을 공경하는 한국사회의 전통문화는 이제 TV에서나 볼 수 있는 유물처럼 되어 버렸다. 이러한 상황에서 각박하고 삭막한 경쟁을 유도하는 현대사회의 사람들은 가끔 분노를 조절하지 못하는 상태와 맞물리면서 관계설정에 어려움을 겪고 있다.

현대경제연구원에서 연령별로 행복함을 느끼는 정도를 조사한 결과는 흥미롭다. 가장 많은 행복감을 느끼는 연령대는 20대이며 연령대가 높아질수록 행복하다고 생각하는 빈도수가 낮아졌는데 그나마 가장 많은 빈도수를 나타낸 20대에서도 50%를 넘기지 못했다. 두 명 중 한 명은 삶이 행복하지 않다고 느끼고 있는 것이다. 우리는 구조 속에서도, 개인과 개인의 관계 속에서도 행복을 느끼지 못하고 있는 것이다.

가끔은 마음먹고 틀에 짜인 일상을 벗어나서 느끼게 되는 해방감과 이를 통해 맛보는 행복, 이것이 여행의 묘미이며 이 속에서 마주 대하는 겸허함과 너그러움은 여행의 가장 큰 수확이다. 모처럼 힘들게 떠난 여행에서 얻은 행복과 겸허함, 너그러움을 조심스럽고 소중하게 일상으로 가지고 오기를 권한다. 또 세상과 부딪치며 살다 보면 잃어버리겠지만, 그때쯤이면 또 다른 누군가가 그것을 가지고 올 것이 분명하기 때문이다. 분명히 여행은 고단한 모두의 삶에 대한 자그마한 보상이며 제자리로 돌아왔을 때 자신의 삶과 환경을 객관적이고 겸허하게 반추할 수 있도록 도와준다.

09

구조가 사람을 변하게 한다

8년 전 네팔을 방문했던 적이 있다. 태국을 거쳐 네팔의 수도인 카트만두까지 돌아가는 여정이었다. 네팔을 방문해 본 분들은 아시겠지만, 카트만두 공항은 국제공항이라고 하기에는 부족한 측면이 많다. 공항의 시설과 규모가 한국의 지방 공항에도 미치지 못한다. 그러나 공항을 나서는 순간부터 마음씨가 착한 사람들이 사는 곳! 그곳이 네팔이다.

네팔의 수도 카트만두에 사는 사람들은 지방 사람들에 비해 깍쟁이 같지만 그래도 아직 순수하다. 내가 방문할 당시에는 카트만두에 높은 빌딩도 없었으며 차를 타고 조금만 달리면 광활한 자연이 펼쳐져 있다.

카트만두에서 이틀을 머문 후 작은 경비행기를 이용해 보카라를 방문했다. 보카라는 안나푸르나 봉이 있어 세계 여러 나라에서 등산을 좋아하는 사람들이 즐겨 찾지만, 단순히 트래킹을 하기 위해서도 많은 사람이 찾는다. 다행인지 마침 내가 방문했던 시기에는 사람들이 많지 않아 오히려 호젓하게 보카라의 정취를 느낄 수 있었다. 고맙게도 보카라의 관광협의회 회장이 안내한 작은 호텔에서 하룻밤을 묵었고 다음 날 아침 창문을 통해 보았던 장관은 아직도 잊을 수가 없다. 우리나라에서는 상상도 할 수 없었던 8,091m의 안나푸르나 고봉이 눈앞에 버티고 서 있었다. 안나푸르나는 내가 머물고 있는 숙소에서 차를 타고 한 시간 이상 가야 간신히 입구에 도착한다는데 마치 내 눈앞에 있는 것처럼 웅장하게 버티고 있었다.

나는 엄홍길 대장처럼 등산가도 아니고 굳이 그 신성한 산에 반드시 올라야 하는 이유도 없었기에 그저 사람들을 만나러 다녔다. 안나푸르나를 감싸는 작은 산 위에 사는 사람들은 가난하고 질병에 시달리지만 큰 욕심 부리지 않으며 살고 있다. 나는 그들이 행복한지 아닌지는 알지 못한다. 다만 내가 보았던 그들의 모습은 순수한 눈망울과 외부인에 대한 호기심, 그리고 베풀 줄 아는 호의였다.

한국으로 돌아와 논문을 쓰기 위해 네팔 사람을 만난 적이 있다. 그는 나의 네팔 여행기를 들으며 고향이 무척이나 그리운 모양이었다. 그는 구룽이라고 불렸다. 구룽은 네팔의 여러 민족 중 한 민족의 성씨로서 혈연적으로 우리와 많이 닮았다. 엄밀히 따지면 성이 구룽이고 이름은 따로 있지만, 한국인이 부르기가 어려우므로 그냥 구룽이라고 자신을 소개한다. 구룽족은 생김새도 우리와 비슷하거니와 태어날 때 엉덩이에 보이는 몽고반점 때문에 우리와 같은 뿌리가 아닌가 짐작한다. 실제로 구룽족이 사는 마을에서 우리가 어릴 적 하던 자치기 비슷한 놀이를 하는 것을 보고 깜짝 놀란 적이 있다. 내가 인류학자가 아니라서 정확한 그들의 문화와 전통, 그리고 오랜 옛날에 이루어졌던 이동 경로를 알 수는 없지만 놀라울 만큼 우리와 닮았다.

내가 구룽 씨를 통해 연구하고자 했던 주제는 이주민이 다른 나라에서 어떻게 정착하는가였다. 구룽 씨가 처음에 한국에 올 때는 산업연수생 자격으로 입국했다. 그러나 연수기간이 끝나고 불법체류자로 남았는데 돌아가도 마땅히 할 일이 없었고 그가 버는 돈으로 그들 가족 모두가 생계를 이어가고 있었기 때문이다. 그는 한국에서 해보지 않은 일이 없을 정도였다. 생김새가 비슷하고 한국어도 능숙한 그는 언뜻 보면 평범한 한국의 아저씨였다. 가구 만드는 공장일부터 공업사에서 용접하는 일, 인테리어 잡일 등 10여 년이 넘는 세월 동안 참으로 많은 일을 했다. 그중에서 내가 관심을 가졌던 직업은 노래방 도우미였다. 보통 노래방 도우미는 음성적으로 여성들이 돈을 받고 남성들과 어울리며 노래도 하고 술을 마시는 직업이다. 그런데 40세를 훌쩍 넘긴 네팔 아저씨가 노래방 도우미를 했었다고 하니 상당히 의아했다.

중랑시장 근처의 공업사에서 일하던 구룽 씨는 일을 마치고 나면 스트레스를 풀기 위해 직원들과 노래방을 자주 찾았다. 내가 아는 구룽 씨는 네팔 노래뿐만 아니라 한국 노래도 기가 막히도록 구슬프게 부르는 사람이다. 원래 노래 부르기를 좋아한다고 했다. 자주 노래방을 가다 보니 노래방 주인과도 친해지고 주인과는 형님, 아우님 호칭하는 사이가 되었다.

그렇게 지내던 어느 날, 혼자서 노래방을 갔던 적이 있는데 노래방 주인이 아르바이트해 보지 않겠느냐고 했고, 그 아르바이트란 중년의 여성들이 놀고 있는 방에서 함께 노래를 부르고 놀아주는 일이었다. 무슨 일이든 해서 돈을 벌어야 하는 구룽 씨는 그날 중년여성들과 함께 놀아준 대가로 돈을 받았다. 그날 이후 노래방 주인의 전화가 오면 틈틈이 아르바이트를 했고 나중에는 공업사 일을 그만두고 노래방에서만 일했다.

구룽 씨는 이러한 자신의 이야기를 하면서 가끔 헛웃음을 지었다. 돈을 벌기 위해 그런 일까지 해야 했던 자신이 부끄럽다고 했다. 그는 한국생활을 통해 돈도 많이 벌었지만 지칠 대로 지쳐 있었다. 그의 카톡 사진을 보면 안나푸르나의 사진과 함께 '고향의 노래를 부른다'고 쓰여 있다. 그에게 고향의 산과 노래는 자신을 위로하는 안식처일 것이다. 최소한 네팔, 그의 고향은 한국 땅만큼 그를 지치게 하지는 않는가 보다.

한국에 살면서 네팔에서의 순수함을 모두 잃어버렸으며 늘 고향의 노래가 들리는 것 같다고 했다. 그는 이제 한국생활을 정리하고 고향으로 돌아갈 계획을 세우고 있었다.

한국과 네팔은 경제 환경이나 문화가 전혀 다르다. 네팔의 작은 시골에서 한국으로 돈을 벌기 위해 왔던 구룽 씨는 한국사회에 적응하기 위해 그의 고향에서는 생각지도 못했던 일을 했으며 그가 돌아가면 그런 직업을 갖게 될 일은 없을 것이다. 헤어지면서 그가 한 말을 아직도 기억하고 있다.

"내가 이렇게 변할 줄 몰랐어요 아무리 먹고살기 위해 한 일이지만 창피해요. 고향 사람들이 내가 이런 일 한 거 몰랐으면 좋겠어요……."

우리가 아무 생각 없이 살고 있는 우리 사회의 구조는 보기보다 세밀하고 표독스럽다. 잠깐의 틈만 보이면 파고들어 와 이용하고 폐기처분을 하려고 한다. 완전하고도 순식간에 이 구조를 바꿀 수 없는 우리가 할 수 있는 최소한의 발악은 이 사회구조를 정확하게 인식하고 더 이상 이용당하지 않으려고 노력하는 일이다.

10

맹인 부부

옛날에 다쳤던 발목이 고질병으로 남아 오래 걷거나 산행을 하기에는 무리가 따른다. 그러나 오랜만에 몸 상태가 좋아 근처의 태화산 활인봉을 오르기로 했다. 산에 오르기 전 백련암에 들러 효소차를 한잔 주문하여 물통에 채웠다. 백련암 주지 스님은 정상까지의 시간을 묻는 나에게,

"저~기 위쪽으로 조금만 가면 바로 활인봉 정상이고 능선을 따라 슬슬 가면 나발봉 바로 나와요."

가벼운 마음으로 씩씩하게 출발했다. 평일이라 등산로에는 사람 한 명 보이지 않았고 그렇게 활인봉 바로 아래에 있는 간이매점에 도착했다. 평일은 등산객이 없기 때문인지 간이매점은 문이 닫혀 있었고 벤치에는 한 쌍의 부부가 앉아서 이야기를 나누고 있었다. 멋진 스포츠 선글라스를 쓴 아저씨와 편안한 인상의 아주머니는 무슨

이야기를 하는지 웃음이 입가에서 떠나지 않는다. 대충 눈인사를 마치고 잠시 쉰 후에 나는 활인봉으로 그들은 백련암으로 각자 길을 나섰는데 스포츠 선글라스 아저씨의 걷는 모습이 이상했다. 오른쪽 다리는 약간의 장애가 있는 듯 절룩거렸고 왼손은 그의 아내 손을 꼭 쥔 채 오른손에 들고 있는 시각장애인용 지팡이를 이리저리 툭툭 짚으며 산을 내려가고 있었다. 태화산은 높지는 않지만, 경사가 심한 코스도 있기 때문에 장애인이 오르기에는 힘과 노력이 무척이나 필요한 산이다. 그런 산을 부부가 미소를 잃지 않고 내려가는 모습을 보니 잔잔한 감동이 밀려왔다. 그렇게 그들의 하산하는 모습을 보고 활인봉 정상을 거쳐 나발봉으로 방향을 잡았다. 그런데 활인봉을 내려오는 도중 아니나 다를까 다쳤던 오른쪽 발목에 통증이 오기 시작했다. 백련암 주지 스님의 '조금만, 슬슬 가면……'에 당한(?) 느낌이었다. 어쩔 수 없이 나발봉과 샘터마을 갈림길에서 하산하기로 마음먹었다. 조금 내려오니 농가의 파란 지붕이 보이기 시작했다. 참으로 이상하다. 아무도 없는 산길을 다닐 때는 그 나름의 행복과 자연 속에 있다는 편안함이 있었는데 농가의 지붕을 보고 포장된 길에 들어서니 익숙한 안도감이 밀려왔다. 역시 익숙한 공간은 떠나면 그립고 돌아오면 식상한 그런 곳인가 보다.

익숙한 포장길이지만 역시 시골은 시골이다. 감나무에 감이 주렁주렁 달려 있고 이제는 철 지난 밤송이가 길가에 수북하게 쌓여 있다. 농부들은 깨를 털고 벼를 베고 수확이 한창이다. 가을 땡볕 아래에서 일하는 그들의 모습을 보니 농사는 아무나 할 수 있는 일이 아니라는 생각과 나는 죽어도 농사는 지을 수 없는 사람이라는 것을 깨달았다. 나처럼 게으른 사람이 귀농했다가는 가족 모두가 굶어 죽을 수밖에 없는 맞춤형 귀농이 될 것이다.

산을 거의 내려왔을 즈음, 특이한 발걸음을 가진 남자가 앞에 있었는데 활인봉 가는 길에 보았던 부부였다. 부부는 무엇이 그렇게 좋은지 대화가 끊이지 않고 있었다. 그 뒤를 따르던 내가 정말 감동했던 장면은 냇가를 건너는 그들의 모습이었다. 돌다리를 건너는 부부는 아내가 앞장서서 지팡이를 잡아주고 말로 보폭을 조정해 주고 있었는데 어느 순간 발의 보폭을 잘못 계산한 아저씨의 발이 개천에 빠지고 말았다. 뒤에서 개천을 건너던 나는 그저 바라보기만 했었는데 개천에 빠진 아저씨는 하얀 치아를 드러내며 밝게 웃고 있었고 그의 아내는 소리까지 내며 조용히 웃었다. 언제 잡았는지 서로의 손을 꼭 잡은 채였다.

부부는 이런 것이다. 서로 모자란 부분은 채워주고 상대편의 실수도 포용하고 이해해 주는 것! 어떠한 순간에도 서로의 손을 잡아 주는 것! 부부는 이런 관계여야 한다. 관계에서의 피로감과 구조로부터 억압받는 삶에서 살아갈 수 있는 최후의 안전장치, 그것이 부부 관계다.

11

말보다 솔직한 사람의 눈

사랑하는 연인의 눈을 바라보는 여성을 본 적이 있다.

남부터미널에서 시외버스를 타기 위해 기다리고 있는데 어디론가 떠나는 젊은 남자와 이를 배웅하는 여자가 마주 보고 이야기를 하고 있었다. 나도 20대 시절에 저런 일이 있었을까 싶을 정도로 아름답고 보기 좋았다. 나도 모르게 기분 좋은 표정으로 그들을 바라보다가 남자를 올려다보는 여자의 눈을 보고 잠시 생각에 잠긴 적이 있다.

가만히 생각해 보면 나는 나를 사랑하는 사람들의 눈을 제대로 마주 본 적이 없었던 것 같다. 왜냐하면, 그 여자의 눈빛 같은 눈을 내 눈앞에서 본 기억이 없으니까…… 꿈을 꾸듯 몽롱해 보이는데 눈빛은 촉촉해 보이고 초점이 없는 듯 보이지만 상대를 집중해서 바라보는 눈, 그런 눈빛이었다.

이처럼 애절한 눈빛이 있는가 하면 독기와 분노의 눈빛도 있다.

영화 <친구>에서 지금은 잘 나가는 배우지만 그 당시만 해도 무명이었던 김광규가 장동건의 볼을 왼손 엄지와 검지로 움켜쥐고 오른손으로 장동건의 뺨을 후려갈기면서 했던 대사가 모두가 잘 알듯이 "니 아부지 뭐하시노?"였다. 이때 장동건은 아무 말도 없이 김광규를 아래에서 위로 노려보는 장면이 있었는데 분노와 독기가 가득 서린 눈빛이었다. 이처럼 눈은 나를 평가하는 상대방의 신호등이다.

나에 대한 상대방의 감정을 가장 잘 확인할 수 있는 방법은 눈을 바라보는 것이다. 그러나 조심해야 한다. 상대가 사랑하는 이성일 경우 가끔 연기를 잘하는 고수(?)가 있을 수 있기 때문이다. 그러나 일반적으로 상대에 대한 감정은 눈에 잘 드러난다. 눈을 둘러싸고 있는 근육들은 눈이 표현하고자 하는 감정에 충실하게 반응해 준다. 화가 나면 눈 안쪽의 미간에 힘이 들어가며 좁아진다. 반대로 기분이 좋으면 미간이 넓어지고 눈 바깥쪽 근육이 아래로 내려가며 보기 좋은 표정이 된다.

그런데 이와는 달리 어떠한 감정도 담고 있지 않은 눈빛도 많이 볼 수 있는데 대표적인 장소가 출퇴근 시간의 에스컬레이터다. 나는 에스컬레이터를 타고 오르거나 내려갈 때 반대편의 사람들을 가끔 관찰하곤 하는데 대부분 아무런 감정도 없는 삭막한 눈빛이다. 흡사 좀비 영화 속에 들어와 있는 듯한 착각을 하곤 한다. 내 옆에 서 있던 한 남학생은 카톡으로 친구와 대화를 하고 있었는데 언뜻 보니 보낸 문자에는 'ㅋㅋ'라고 썼지만 눈은 아무런 감정도 없어 보였다. 이러다가 우리의 감정도 모두 메말라 버리지 않을까 하는 쓸데없는 생각이 들었다.

내 감정을 말로 표현하기 어려울 때 눈빛을 이용해보자. 사랑한다는 말을 하기가 쑥스러운 부모님께, 대화가 없어 서먹서먹한 자녀들에게, 짝사랑의 상대에게, 굳이 복잡하고 어렵게 말하지 않아도 감정을 눈에 담아 바라본다면 상대도 충분히 느낄 수 있다. 그런데 현대인에게 살아 숨 쉬는 아름다운 눈빛을 요구하는 일은 어려운 일일 수도 있다. 학교에 가거나 회사 출퇴근을 위해 지하철을 타고 다니는 사람이라면 누구나 마주치는 장면이 에스컬레이터를 타고 오르내리는 사람들의 모습이다. 무엇인가 바쁘게 움직이는 것 같지만, 사람들은 표정이 없으며 눈빛은 목적을 잃은 듯이 희미하고 멍하다. 몇 명은 스마트폰에 집중하거나 이어폰을 귀에 꽂은 채로 무심한 눈빛으로 전방을 초점 없이 바라보고 있다. 그런 모습을 보면 영화에나 나올 법한 '좀비'가 생각나곤 한다. 아무런 목적도 없는 것처럼, 아니면 단순히 살기 위해 또는 본능처럼 움직이는 사람들을 보면서 혼자서 오싹한 기분이 들었던 적이 있다.

눈빛이 죽어 있는 사람은 다른 사람으로 하여금 호감을 갖게 만들 수 없다. 사람의 눈은 그 사람이 가지고 있는 열정과 삶에 대한 애착이나 성찰과 같은 것을 보여준다. 취업을 앞둔 취업준비생이나 사랑하는 연인을 만들기를 원하는 사람이 있다면 세상을 바라보는 눈에 상대방에 대한 호감과 열정을 담을 수 있도록 연습하라. 상대방과 눈을 마주칠 때 내 진심이 전해질 수 있도록 노력해야 한다. 상대방이 나를 지치게 할 때도 적극적인 대화 시도와 더불어 내 진심이 전해질 수 있도록 진실한 눈빛을 그가 볼 수 있도록 노력해야 한다. 만약 누군가가 교언영색(巧言令色) 하더라도 뱀처럼 사악하고 번들거리는 눈빛을 가진 사람이라면 그는 평생 당신을 괴롭히며 지치게 할 사람이니 당장 관계를 끊어야 한다.

맑고 진솔한 눈빛을 갖기 위해서는 자기 자신의 영달만을 위한 고민보다는 세상과 우리에 대한 보다 폭넓고 진지한 고민이 필요한데 이는 우리의 내면을 더 성숙하게 한다. 이처럼 이타적이며 깊은 성찰은 우리 내면에 있는 빛을 더 영롱하게 빛날 수 있도록 도와줄 수 있는데 이는 눈빛을 통해 타인에게 보인다.

12

아내도 일탈이 필요하다

우리 집에는 식탁 앞에서의 불문율이 한 가지 있다. 그것은 절대 반찬 투정을 하지 말아야 한다는 것이다. '주면 주는 대로 먹는다.'

그렇지만 이는 아내의 권위에 눌려 어쩔 수 없이 당하는 불문율이 아니다. 오히려 내가 해 줄 수 있는 최소한의 배려이며 내가 배려하는 만큼 나는 권위*로 되돌려 받는다.

아내에게 반항하거나 집안에서 권위를 과시하려는 남성을 일컬어 '간 큰 남자'라고 한다는데 여성의 사회적 지위가 상승함에 따라 나타난 신조어라고 할 수 있다. 독자들에게 욕을 한 바가지 얻어먹을

---

* 흔히 권위(Authority)와 권력(Power)에 대한 개념을 비슷하게 생각하거나 동일하다고 생각하는 경향이 있지만, 이 두 가지 개념은 차이가 있다. 간단히 정리하면 권위는 타인들에 의해 만들어진 것이고 권력은 스스로 만들어 가진 힘이다. 또한, 권위는 합의를 전제로 권력은 강제를 전제로 하고 있다. 그러나 현실은 권위를 부여받음으로써 권력을 갖게 되는 경우도 있고 권력이 권위로 변용되기도 한다.

지도 모르지만 나는 그런 면에서 '간 큰 남자'다. 다른 가장들처럼 돈을 많이 벌어다 주지도 못하면서도 다행히(?) 난 '간 큰 남자'의 지위를 누리고 있다. 어떤 후배는 나의 이러한 상황을 도저히 이해할 수 없다고 한다. 내일모레면 오십이 되는 남자가 아직까지 돈도 안 되는 글이나 쓰면서 어떻게 '권위'를 인정받느냐는 것이다. 후배의 말은 백번 천번 맞는 말이다. 그러나 나는 나만의 고유한 비법이 있으며 그것을 처음으로 여기에서 밝히고자 한다.

사실 나는 우리 아이들이나 아내에게 권위적이지 않다. 아이들과의 장난도 좋아하고 장난을 하다가 삐치기도 한다. 그러나 아이들은 이러한 나의 행동에 대해 무시하거나 조롱하지 않는다. 나는 기본적으로 아이들을 존중하고 배려하려고 노력해왔다. 큰 아이가 내년에 대학을 가고 작은 아이도 어느새 나보다 훌쩍 커버렸지만, 지금까지

아이들에게 회초리를 든 적이 거의 없다. 단 한 번, 작은 녀석이 초등학교 저학년 때 회초리로 딱 한 대만 때렸다. 이마저도 두고두고 후회되었다. 그렇지만 두 녀석 모두 착하게 커 주었고 내가 아이들을 인격적으로 대해주는 만큼 아이들도 나에게 그렇게 대해 준다.

이러한 교육 철학은 가족 간의 관계에서도 적용된다. 종종 아이들의 엄마가 집을 비우고 볼일을 보러 가는 경우가 있는데 어쩌다 식사 시간에 맞춰 들어오지 못하더라도 크게 관여하지 않는다. 아이들에게도 제 엄마에게 전화해서 언제 들어오는지, 무엇을 하는지 궁금해하지 말 것을 부탁한다. 식사 시간에 맞춰 들어올 수 없는 일이 있으니까 못 오는 것일 뿐이기 때문이다. 나는 아내가 들어와도 본인이 말하지 않는 이상 어디서 무엇을 했는지 묻지 않는다. 설마 정신이 나가서 거리를 헤매고 다니기야 했겠는가?

사람과의 관계는 기본적으로 신뢰가 형성되어야만 지속되고 돈독해지는데 하물며 가족 간의 관계는 더 말할 나위가 없다. 신뢰가 형성되어 있지 않은 가족은 불행하다. 의심하고 캐묻고 따지는 인생은 피곤하다. 어떤 사람은 이러한 나의 생활 방식에 대해 우려를 표하기도 한다. 하지만 나는 그의 사고에 우려를 한다. 오히려 돈과 시간을 만들어서라도 여행을 자주 보내주지 못하는 것이 마음 아프다. 며칠 전, 아내가 평소 절친하게 지내는 지인과 부산을 다녀와도 되겠느냐고 가볍게 물었다. 당연히 내 대답은 "집 걱정하지 말고 놀다 와"였다. 사정이 생겨서 여행을 다녀오지는 못했지만 내 마음은 전달된 것으로 생각하고 있다.

당신의 아내가 또는 당신의 연인이 어디서 무엇을 하든 궁금해하지 말자. 혹시나 그쪽에서 미안해하며 연락을 하면 감사히 받으면 된다. 혹시 쓸 돈이 모자라지나 않는지 걱정해 주면 된다. 다음 달 카드청구서를 받고 좌절할지라도, 걱정하지 말고 긁으라고 냅다 내지르면 되는 거다.

가족은 각자의 사회생활을 마치고 돌아와 휴식을 취하는 사회적 공간이며 외부에서의 지침과 힘듦을 사랑으로 녹여내는 용광로 같은 존재다. 모든 문제를 공유하고 토론함으로써 가족 안에서 녹여내는 일이 쉽지는 않지만 일단 시도해보면 그것만큼 마음 편하고 효과적인 사회적 공간은 없다.

13

자신을 귀하게 대접하라

‘사람은 평등하다’는 명제는 거짓이다. 평등해지기 위해 노력하는 과정에서 만들어낸 말일 뿐이다.

중국 속담에 좋은 집안에서 태어나는 아이를 ‘은수저를 물고 태어났다’고 한다. 집안에 돈이 많고 명예도 있으며 누구나 부러워할 만한 환경을 가진 집안의 아이를 일컫는 말이다. 하지만 안타깝게도 은수저를 물고 태어나는 사람은 흔치 않다. 태어날 때부터 세상을 살아가기 위한 조건이 차이가 난다. 개인이 갖춘 능력의 차이도 분명히 있다. 머리가 좋은 사람과 그렇지 못한 사람, 건강한 사람과 병을 달고 사는 사람 등 개체 차이도 존재한다. 그러므로 사람은 평등하지 못하다. 다만 평등하기 위해 노력하는 것뿐이다. 그러기 위해서는 주어진 조건이 좋지 않더라도 자신을 귀하게 여기는 마음이 필요하다. 각자 처한 환경이 다르더라도 자신을 귀하게 여기고 대접하는 것을 탓할 사람은 없다. 나는 집에서 라면을 먹어도 절대 냄비 채로 먹지 않는다. 내 아이들에게도 아무리 귀찮고 바쁜 일이 있더라도 냄비 채로 먹지 못하게 가르쳤다. 좋은 음식만 도자기 그릇이나 크리스털 용기에 먹어야 하는 법은 아니다. 아무리 싸고 흔한 음식이라도 자신을 위한 격식을 갖추면 훌륭한 음식이 된다.

자기 자신을 사랑하고 대접해야 남들에게도 대접받는다. 남보다 돈이 적고 명예가 없어도 인격적인 대접을 받을 권리는 누구에게나 있으며 이는 자신을 대접하는 것에서 시작된다. 빈부의 차이는 존재하지만, 인격적인 평등을 누릴 권리는 우리 모두에게 공평하게 주어져 있다.

직장에서 죽을 고생을 하고 월급을 받아도 카드 결제에 월세와 공과금을 내고 나면 남는 돈이 없다. 그러나 벌거벗고 다닐 수는 없는 노릇이니 옷을 사야 하지만 명품 옷을 살 능력은 되지 않는다. 그렇지만 값싼 옷을 입더라도 자신감을 잃지 말아야 하고 품위를 지켜야 한다. 자신감과 품격을 가진 사람은 만 원짜리 옷을 입어도 명품보다 좋아 보인다. 어떤 옷을 입느냐가 중요한 것이 아니라 어떤 사람이 옷을 입느냐가 더 중요하다. 소위 옷걸이의 문제인 것이다. 그렇다고 평생을 구질구질하게 살 수는 없는 노릇이다. 어쩌다가 돈이 생기면 비싸고 좋은 옷도 사 입어야 한다. 이 정도의 호사를 나무랄 사람은 없다. 근사한 레스토랑에서 스테이크를 먹는 날도 있어야 하며 핸드드립 커피도 가끔은 마셔 줘야 한다. 당장 한 푼도 없다면 몰라도 돈이 생기면 자신을 위해 대접하는 시간을 가질 필요가 있다. 이상하게도 자신을 귀하게 여기지 않는 사람을 다른 사람들은 더 힘들고 지치게 하는 고약한 습성이 있는 듯하다.

집에서 대접받지 못하면 밖에 나가서도 마찬가지다. 집안에서의 푸대접은 사람을 주눅이 들게 하고 소심하게 만든다. 부모님, 형제들, 자식들을 사랑하고 대접해줘야 밖에서도 기죽지 않는다. 주위 사람을 귀하게 여기고 나를 귀하게 여기는 일이야말로 태생적 조건을 뛰어넘어 사람들을 평등하게 만드는 길이다. 주체적 삶의 시작은 여기에서부터 시작한다. 자신을 귀하게 여기기 시작하는 순간부터 타인과의 관계나 사회 시스템으로부터 독립적인 주체적 인간이 만들어진다. 주의해서 생각해야 할 점은 독립적인 주체적 인간이라고 해서 사회로부터 격리되거나 사회시스템을 부정한다는 의미는 절대 아니라는 점을 명심해야 한다.

주체적 인간은 타인에게 종속되지 않고 타인에게 의지하지 않아도 생존에 필요한 능력을 갖춘 사람이다. 이러한 주체적 인간이 여타의 다른 종속적 인간을 먹여 살린다. 그러나 주체적 인간이 머리가 좋거나 훌륭한 학벌을 가지고 있거나 돈이 많은 사람을 의미하지는 않는다. 내 생각에 주체적 인간은 인간에 대한 사랑과 자신과 타인을 귀하게 생각하고 대접할 줄 아는 사람이 주체적 인간이며 자기의 삶을 계획하고 자신의 의지로 완성할 수 있는 능력을 배양해야 한다. 더불어 종속적 인간을 지치지 않게 보듬을 수 있는 아량이 있어야 한다. 그런데 불행하게도 이와 같은 주체적 인간은 우리 주위에 드물다. 오히려 우리 주위에는 '기생적 인간'이 많은데 남의 것을 가로채거나 남의 성공이나 실력에 기대어 살아가는 인간들이다. 그런데 재미있는 점은 이런 기생적 인간들이 자기의 한계나 실력을 절감하지 못한다는 점이다. 결국, 사회시스템에서 살아가기 위해 기생적 인간이 선택하는 방법은 이간질이나 분란 조장밖에 없다. 재미있는 점은 이러한 이간질이나 분란조장을 그들은 사회적응 또는 사회를 발전시키는 공정한 실력이라고 착각한다는 것이다.

자신을 귀하게 여겨 주체적 인간이 되더라도 이런 인간들을 조심해야 한다. 태생적 찌질함으로 무장한 기생인간은 이간질을 통해 자신의 사회적 위치를 중심에 놓고자 하는 습성이 강한데 어느 순간 자신의 본색이 드러나는 순간 주위의 다른 사람들을 물어뜯고 모함하는 더러운 습성이 있다. 이런 인간형을 만나면 미치도록 지친다. 살면서 이런 인간형은 절대로 만나지 말아야 한다. 혹시 본인의 주위에 이런 사람이 있다면 당장 관계를 끊어라! 이러한 인간은 타인의 약점을 보는 순간 모함할 준비를 하는데, 이는 거의 본능적이다.

그래도 어쩔 수 없이 사회적 관계 맺기를 할 수밖에 없는 세상살이에서 부디 이러한 유형의 인간을 만나지 않기를 기도하는 수밖에……

주체적인 삶-
창업도 방법이다

세상을 살아가기 위해서는 반드시 의식주가 필요하며 이를 해결하기 위해 우리는 돈을 사용한다. 문제는 이 돈을 버는 방법이다. 대부분의 청춘은 돈을 벌기 위해서 학교를 졸업하자마자 취업 준비에 매진하는 것이 일반적이다. 회사는 일단 합격만 된다면 생존이 보장되며 맡은 일만 열심히 하면 당분간(?) 잘릴 염려도 없다. 일단 안정적 삶을 영위하기 위한 기본 조건이 만들어지는 것이다. 그러나 불행하게도 이는 분명히 당분간일 뿐이라는 전제조건이 붙는다. 이제는 한국사회에서의 정년 보장은 남의 나라 이야기가 되어 버렸기 때문이다.

한국사회의 젊은이는 거대한 사회 시스템 속에서 큰 기계의 소모품처럼 취급받고 있으며 실제로 효용가치를 상실하는 순간 용도폐기 처분된다. 담론적으로 보면, 모두 알고 있듯이 자본주의 시스템의 폐해일 것이다. 그러나 모든 사회 문제를 자본주의의 문제로만 환원시킨다면 사회 문제에 관한 모든 분석과 연구의 의미는 무의미해질 것이다. 결국, 자본주의 이후의 새로운 사회 시스템이 만들어지기 전까지는 어쩔 수 없이 주어진 시스템 속에서 주체적 삶을 만들어야 한다. 앞에서 언급했던 제자 K처럼 귀농을 통해 자아를 실현하고자 하는 젊은이도 있을 것이며 대학원에서 더 공부하고 학자로서 사회에 유의미한 기여를 고민하는 청춘도 있을 것이다. 사실 굳이 직장에 목을 매지 않더라도 살아가는 방법은 많다. 오히려 직장에 얽매임으로 인해 감수해야 하는 인간적 모멸감이나 상실감이 더 클 수도 있다. 차라리 이럴 바에는 소규모 창업을 준비해 보는 것도 좋다. 2012년 우리나라 15~29세 청년층 고용률은 40.4%로 OECD 평균(50.9%)을 크게 밑도는 것으로 나타났는데 그만큼 취업의 문이 좁다고 할 수 있다.

얼마 전 TV에서 이화여대 입구에서 김밥을 파는 세 명의 젊은이를 본 적이 있다. 지방에서 대학을 졸업하고 취업을 하고자 했으나 받아주는 회사가 아무 데도 없었던 세 명의 젊은이는 과감하게 취업을 포기해 버렸다고 한다. 새벽 시간 매장에 나와 김밥을 싸고 아침 길거리에서 목청껏 자신들의 김밥을 홍보하며 팔고 있는 그들을 보고 있노라니 그 젊음이 부럽기도 하고 맛나게 생긴 김밥을 먹어보고 싶은 충동도 생겼다. 찍어내듯 만들어 내는 김밥에 질린 사람들이 한두 명씩 단골도 되었고 그들의 미래는 표정만큼이나 밝아 보였다.

두 번째 기억에 남는 젊은이는 홍대 앞에서 치킨 가게를 운영하는 사람이다. 이영돈 피디가 진행하는 '먹거리 X파일'에 출연했던 젊은이인데 깨끗한 기름에 튀긴 치킨을 그만의 특제 소스와 함께 내어놓는 식당 주인이다. 눈앞의 이익만을 생각하지 않고 좋은 식재료를 이용해 맛있는 음식을 만들어 성공하고자 하는 그의 주체적 삶은 그보다 나이 많은 내가 보기에도 고맙고 감동적이었으며 기회를 만들어서라도 그 매장에 방문하고 싶은 욕구가 생겼다. 장담하건대 몇 년 안에 그 치킨 가게 분점을 전국에서 보게 될 날이 올 것이다.

개인적으로 몇 번 만났던 구로디지털단지의 IT 회사 사장은 자기가 가지고 있는 기술이 그토록 많은 돈을 벌게 해 줄지 몰랐다고 했다. 스마트폰의 다자간 통화 시스템 기술을 가지고 있던 그는 외국 기업이 좋은 조건으로 구매하기를 희망했고 두말없이 팔았다고 한다. 본인 스스로 대단하지도 않은 기술이라고 생각했던 기술이 어느 순간 황금알을 낳는 거위로 변신한 것이다.

나는 이 사람들을 보며 몇 가지 공통점을 발견할 수 있었다. 첫째, 삶에 대한 희망을 버리지 않는다. 성공 또는 스스로 굳건히 설 수 있는 주체적 삶은 그것이 이루어지기 전까지 매우 힘들고 고통스러운 과정을 겪게 된다. 그러나 삶에 대한 사랑과 희망은 절대 버리지 않음으로써 결국 주체적인 삶을 완성하고 타인으로부터 독립된 삶을 꾸려 갈 수 있다.

둘째, 자기만의 기술 또는 노하우를 반드시 가져라. 당연한 이야기지만 독창적인 무엇인가를 가지지 못하면 주체적인 삶을 살 기회가 줄어든다. 반짝이는 아이디어를 놓치지 않고 잘 가지고 있다가 창업에 이용해도 좋고 자신만의 특별한 기술을 연마해도 좋다. 그것도 어렵다면 치킨집 사장처럼 음식의 레시피를 연구해서 자신만의 것으로 만들어도 좋다. 만약 자신만의 무엇인가를 만들기 어렵다면 어떻게 해야 할까? 할 수 없다. 그냥 없는 일자리라도 찾아다녀야 한다.

셋째, 가슴속의 열정을 잃어버리지 않도록 주의해야 한다. 예전에 자신들의 신념을 위해 일하는 사람들을 본 적이 있다. 내가 그들과의 첫 번째 대면에서 느낀 점은 그들의 눈빛이 무엇인가에 미친 듯이 반짝거리고 있다는 것이었다. 그 빛나는 눈빛 속에서 그들은 성공을 확신하는 열정을 뿜어내고 있었다. 가슴속에 열정이 있는 사람은 그 열정으로 인해 성실하고 근면하다.

넷째, 세상을 보는 눈을 넓게 가져라. 사람은 보는 만큼 인식한다. 돈이 없어 해외여행을 가지 못한다고 자책할 필요가 없다. 책도 많이 읽어보고 인터넷 서핑도 하면서 이런저런 정보를 최대한 많이 모아라. 예를 들어 1996년부터 개최된 월드전람 주최의 프랜차이즈박람회는 상·하반기 합쳐 연인원 6만 명 이상의 관람객이 방문하는 큰 행사다. 이런 행사에 가보면 참신하고 전망 있는 아이디어가 떠오를 수도 있다. 마침 정부에서도 청년창업을 위한 지원을 하고 있다고 하니 여기에도 관심을 가지고 정보를 찾아볼 필요가 있다. 취업하려고 하는 회사가 우리의 전부는 아니며 당연히 누구나 사장님이 될 기회가 있다.

다섯째, 무모한 도전 정신이 기적을 만든다. 초등학교 졸업이 최종 학력이었던 현대그룹의 초대 회장이었던 고 정주영 회장이 직원들에게 가장 많이 했던 말이 "해보기나 했어?"라고 한다. 일이 되든지 되지 않든지 간에 그것은 차후의 문제일 뿐이다. 일단 무모해 보이더라도 저질러 보는 편이 해보지도 않고 포기하는 것보다 백배 훌륭한 선택이라는 의미일 것이다. 단 1%의 가능성이라도 보이면 냅다 저질러라. 나이를 먹으면 그마저도 이리저리 재느라 시도조차 하지 못하는 사람이 대부분이다.

경제적 곤궁은 대인관계에서 자신감을 갖지 못하게 만든다. 이와 같은 상황이 지속되면 자신을 격리하게 되고 사회의 두꺼운 벽 앞에 혼자 지쳐 쓰러지고 만다. 지쳐 널브러진 당신을 구원할 손길은 매정하게도 아무도 없는 경우가 대부분이다. 번번이 취업에 실패한다면 좌절하지 말고 과감하게 창업이라도 고민해서 당신의 자존감을 회복해야 한다. 서울대를 졸업하지 못했다 하더라도 그들보다 잘할 수 있는 일이 분명히 있다.

현명한 소비가 세상을 바꾼다

우리는 상품의 홍수 속에 살고 있다. 어딜 가든 넘쳐 나는 상품들은 쇼윈도 속에서 자기를 데려가 달라고 아우성친다. TV 속에서도 상품들은 살아 있는 생물처럼 우리에게 추파를 던지고 있다. 살면서 가장 중요한 문제는 생존에 필요한 음식이다. 그러나 음식은 상품으로 포장되면서 계급을 형성하기도 한다. 프랑스의 사회학자인 장 보드리야르*는 그의 역작인 『소비 사회』에서 자본의 형태가 변화하면서 더 이상 음식은 팔지 않고 음식문화를 판매한다고 신랄하게 꼬집

---

* 장 보드리야르(Jean Baudri-llard)에 의하면 실재가 실재가 아닌 파생으로 전환되는 작업이 시뮬라시옹(Simulation)이며 실재의 인위적 대체물을 시뮬라크르(Simulacra)라고 한다. 그는 우리가 살아가는 세상 자체도 실재가 아닌 가상 실재, 즉 시뮬라크르라고 한다.
자본주의 사회는 사물이 기호로 대체되고 현실의 모사나 이미지가 실재를 대체하고 지배한다는 것이다. 실재와 가상의 구분이 모호해지면서 이들의 관계는 역전되고 더 이상 흉내 낼 수 있는 원본이 사라지고 결국 하이퍼리얼리티(극실재)를 생산한다.
우리가 익히 알고 있는 <매트릭스> 시리즈가 장 보드리야르의 시뮬라시옹 개념을 모티브로 워쇼스키 남매에 의해 만들어진 영화이다.

었다. 즉, 음식은 더 이상 생존하기 위해 필요한 물품이 아닌 것이다. 가정의 냉장고를 들여다보면 먹지도 않으면서 냉동시킨 식자재가 검은 봉투에 담겨 꽉꽉 채워진 모습을 어렵지 않게 볼 수 있다. 더위와 추위를 피하기 위한 의류도 사정은 다르지 않다. 옷장에는 계절별로 옷이 걸려 있으며 한 계절이 다 지나가도록 입지도 못하는 옷이 수두룩하다. 결국, 우리는 생존에 필요한 상품을 구매한다기보다 광고를 통해 주입된 이미지를 구매하고 있는 것이다.

자본은 이윤을 증가시키기 위해 끊임없는 노력을 하고 우리는 이러한 자본의 악귀 같은 행태에 고스란히 노출되어 있다. 한 달 동안 온갖 고생과 자존심을 구겨가며 노력한 대가로 받는 월급은 신용사회라는 미명하에 구성된 자본의 고리 속에서 소리소문없이 사라진다. 많은 사람이 경험하고 있듯이 노동의 대가로 받는 임금은 명세서로만 존재하고 실제로 돈은 만져보지도 못한 채 카드값, 자동이체 등으로 모두 빠져버린다. 돈을 받는 즉시 또 다른 자본으로 흘러들어 가는 구조를 우리는 너무도 당연한 듯 살아가고 있다. 그럼에도 불구하고 남들처럼 명품 가방과 수입 자동차, 값비싼 옷을 가질 수 없는 상황에 우리는 좌절하고 참담한 심정을 느끼기도 한다.

이처럼 인간을 끊임없이 자극하고 유혹하는 자본주의 메커니즘을 제대로 인식하지 못한다면 우리는 아무런 의미 없이 살다가 허망하게 죽는 일만 마주할 것이다. 그렇다면 어떻게 해야 할 것인가? 어떻게 해야 이 짜인 각본 같은 세상을 조소하며 주체적인 삶을 살 수 있는가? 그렇다고 공장에서 생산되는 상품을 사용하지 않고 살 수는 없을 것이고 다시 원시시대로 되돌아갈 수도 없는 노릇이다. 다만 우리가 할 수 있는 노력은 '현명한 소비'를 통해 자본을 각성시킴으로써 소비자의 목소리에 자본이 무릎 꿇게 하여야 한다. 전혀 그럴 가능성이 보이지 않는 노릇이지만 자본이 무릎 꿇는 흉내라도 낼 수 있도록 만들어야 한다. 그것도 끈질기고 지속적으로 말이다. 그렇지 않으면 우리는 태어나서 죽을 때까지 자본의 봉 노릇을 하며 살 수밖에 없다. 자! 그렇다면 어떻게 해야 하는가?

먼저, 상품에 관한 우리의 일반적인 생각을 뒤집어야 한다. 현대인은 복잡한 사회 구조만큼이나 개선이 강하고 자신의 정체성에 대한 의식이 확고하다. 그럼에도 불구하고 왜 똑같은 가방과 똑같은 옷에 열광하는지 이유를 모르겠다. 미국의 사회학자인 베블런은 이에 대해 '유한 계급론'에서 인간은 자신의 사회적 계급을 과시하는 하나의 방법으로 타인에게 보여주기 위해 일종의 과시적 소비를 하게 된다고 설명하고 있다. 이를 '베블런 효과'라고 한다. 즉, 부유한 사람들과 같은 가방을 들고 같은 옷을 입음으로써 그들과 동일시하고자 하는 자신의 만족감을 충족한다는 의미이다. 그러나 발상의 전환을 해 보면 도대체 이와 같은 소비가 무슨 의미가 있을지 의구심이 든다. 돈이 많은 사람은 많은 대로 비싼 장신구를 걸치면 된다. 평범한 중산층이나 서민이 명품을 가진다고 해서 그 순간 부유층이 되는 건 아니다. 그들은 그들만의 리그에서, 우리는 우리만의 정체성과 리그를 만들면 그뿐이다. 소비행태를 부유층과 맞추지 못하는 상실감과 정신적 지침은 아예 존재하지도 않을 수 있다. 왜 기업과 부유층의 놀음에 놀아나면서 지쳐 가는지 우리 모두 자문해 보아야 한다. 가방의 의미는 외출 시 필요한 용품을 수납하는 도구일 뿐이다. 생각하기 나름인 것이다.

며칠 전 TV 뉴스에서 재미있는 기사를 접했다. 한국에 진출해 있는 외국의 명품 회사들의 기부행태에 관한 내용이었는데 1년에 한국에서 수백억대의 매출을 올리면서도 기부에는 인색하다는 내용이었다. 명품이라는 포장을 통해 상품을 판매하는 시장에서 사회적 책임은 지지 않는다는 것이다. 소비자, 더 나아가서 한국 땅이 그들의 눈에는 돈이나 마음껏 벌어 갈 수 있는 '호구의 땅'으로 보이는 모양이다. 이처럼 탐욕과 이기심으로 가득 찬 기업들은 소비자의 현명한 소비를 통해 본때를 보여 줄 필요가 있다. 구찌, 프라다, 페라가모를 사용하지 않아도 우리 생활에는 아무런 지장이 없다.

자본에 대해 개별적 소비자가 아닌 소비자 집단의 형성은 자본에게 상당한 압력으로 작용한다. 축복스럽게도 우리나라는 세계에서 가장 빠르고 광범위한 인터넷의 혜택을 누리고 있다. 물론 지금도 인터넷을 통해 소비자의 권리를 찾는 움직임이 발견되고 있지만, 더 공격적이고 활발한 소비자의 결속력과 집단행동이 시도되어야 한다. 이러한 행동이 작게는 상품을 파는 기업으로 하여금 사회적 책임을 다할 수 있도록 추동시키는 효과가 있으며 크게는 자본주의 사회에서 획일화되고 일방통행화되어 있는 자본의 행태에 경종을 울릴 기제로 작용할 수 있다.

소비자는 오프라인에서 개인으로 존재하기 때문에 조직된 힘이 자본에 비해 턱없이 부족하다. 따라서 인터넷을 통해 뭉치고 토론하고 행동해야 하며, 경우에 따라서는 온라인의 결속력을 바탕으로 오프라인에서의 행동도 마다하지 말아야 한다. 깜깜한 밤에 길을 찾기 위해서는 불빛이 필요한데 플래시는 자기의 앞만 비출 뿐 사방을 밝혀주지는 못한다. 그러나 등불은 아주 밝은 빛을 내지는 못하지만 내 주변을 골고루 밝혀준다. 이러한 등불이 모이고 모이면 우리의 주변이 밝아지는 이치와 같다.

CHAPTER

03

사회적 관계의
공허함

힘들고 지친다

현대인은 사는 게 힘들고 지친다. 하루하루의 삶이 즐겁고 행복한 사람이 얼마나 있을지 궁금하다. 돈이 없어서 지치고, 직장일이 힘들어서 지치고, 사람 관계에서 지친다. 그런데 이렇게 명확한 이유가 없음에도 불구하고 지치는 이유는 무엇일까. 아마도 우리에게 희망이 없기 때문이 아닌가 생각한다. 우리는 그저 의미 없이 하루를 살고 있다. 즐겁기 위해 벼르고 별러 결행한다는 것이 고작 여행 정도일 뿐이다. 그러나 이는 일상으로부터의 일시적 도피일 뿐 행복해지는 근본적 길은 아니다. 여행지를 소개하는 종편 프로그램은 우리에게 미지의 장소에 대한 환상과 환각을 보여 주며 여행은 행복을 담보하는 것처럼 교묘하게 위장한다. 다양한 오락방송과 예능 프로그램은 사람들을 TV 앞으로 불러 모으지만, 방송이 끝나면 허탈하고 무엇을 해야 할지 모르고 방황하게 한다. 현대 기술의 총아인 인터넷과 휴대폰을 통한 SNS는 사람과의 관계를 기계적으로만 연결해 준다. 이런 기계적 연결마저도 없다면 나만 소외되는 불안함이 생긴다. 접속함으로써 서로 간의 네트워크를 공유한 것처럼 보이지만 실은 이것도 주체 없는 연결일 뿐이다. 결국, 우리는 거대한 시스템 안에서 주기적으로 '일시적 행복 모르핀'을 맞고 사는 것이다.

우리는 왜 이러한 삶을 살게 되었을까? 그동안 누구도 우리에게 삶과 미래에 대한 희망을 보여주지 않고 있으며 우리 각자의 삶에 대한 사회적 대안을 제시하는 사람도 없다.

우리 생활은 늘 욕구불만에 가득 차 있는데, 다른 사람은 모두 가지고 있을 법한 돈, 인맥, 학벌 같은 것이 나에게만 없다고 생각하기 때문이다. 게다가 20대는 취업 걱정, 30대는 결혼 걱정, 40~50대는 가족 부양에 대한 걱정에 사는 게 재미가 없을 만하다. 연령대를 불문하고 길이나 지하철에서 우리가 마주치는 모든 사람이 표현을 안할 뿐 모두 마찬가지일 것이다.

그런데 사람은 참으로 신비로운 존재라서 그 '힘듦'과 '지침'을 각자의 방법으로 극복하며 살아간다. 예를 들면, 타인을 위한 행위인 봉사가 그런 경우일 것이다. 타인을 위한 행위는 경제적으로 여유가 있고 시간이 많은 사람이 주로 할 것 같지만, 사실은 그렇지 않다는 사실이 통계에 나타나 있다. 어렵고 힘들수록 이타적인 삶을 살려고 노력하는 사람이 이기적인 삶을 사는 사람보다 훨씬 행복하다는 것이다. 자신의 삶에 대한 깊은 성찰이 부족하면 자기만을 위해 살아가는 이기주의자가 되는데 자신의 삶이 타인의 삶과 깊게 연관되어 있다는 사실을 전혀 눈치채지 못한다. 그런 삶은 다시 고통의 악순환이 반복되는 인생일 뿐이다.

그렇다면 우리가 행복해지기 위해서는 당장 무엇을 해야 하는가. 그러나 우리가 거창한 무언가를 실행에 옮긴다고 해서 행복해지지는 않을 것이다. 그저 우리의 일상적인 삶의 과정에서 행복을 얻는 방법밖에 없다. 삶의 과정은 사람 간의 접촉이다. 사람과 사람과의 관계는 그래서 중요하다. 모든 사람은 외부로부터 인정받고자 하는 욕망이 있는데 가만히 생각해 보면 우리는 타인을 인정하기보다 나를 먼저 인정해주기를 바라며 살고 있다. 우리는 상대방을 인정하는 데 많이 인색하다. 사람 간의 감정 공유는 '사이'에서 만들어지는데 실상은 서로 인정해주지 않으려 하고 있으며 각자를 스스로 고립되게 만들기 때문에 더 힘들고 지친다. 타인을 인정하지 않으니 그와 나 사이는 존재하지 않는 것이며 이런 행위는 우리가 행복해질 수

있는 방법인 정서적 연대로 가는 장애물이다. 사회적 관계에서 행복은 개인이 만들 수 없다. 행복은 관계에서 만들어지기 때문에 공동체로의 이행이 목적이 되어야 한다. 그러기 위해서는 상대방에 대한 인정, 공감, 경청, 정직과 같은 덕목이 필수적이다. 이는 자기중심적 사고를 탈피하게 하고 타인을 배려하는 관심으로 나타난다.

이러한 사람들이 깨어 있는 시민이며 고립된 개인의 집합화가 이루어지면서 비로소 사회적 존재가 되는 것이다. 이처럼 이타적인 심성으로 공동체를 지향하고 타인을 배려하는 행복 찾기 개념을 '진보'라고 부를 수 있을 것이다. 그러나 이 행복한 공동체는 그냥 만들어지지 않는데 자연이 보여주는 법칙은 우리에게 시사하는 바가 크다. 새들이 이동할 때 모든 새가 한꺼번에 움직이지 않는다고 한다. 앞에서 두 마리만 함께 날아오르면 모두 함께 따라가는 '이동 경향성'에 의해 그렇다고 하는데 우리가 행복해지기 위해서는 각자가 이동성 경향을 촉발시키는 선두의 두 명이 되어야 한다.

반대로 자기중심적인 사고를 하며 이기적인 삶을 추구하는 사람은 처절한 자기 생존투쟁만을 최우선시하며 그러한 현실에 안주하려고 한다. 이러한 행태의 개념이 '보수'일 것이며 당연히 이는 옳지 않다. 따라서 이를 극복하는 방법으로써 이타적인 삶을 통한 진보성의 확산은 우리가 경험하는 힘들고 지친 일상을 위로하고 치유할 수 있는 중요한 방법이라고 할 수 있다. 이와 같은 행복한 관계 맺기야말로 우리의 힘들고 지친 삶을 구원할 유일한 대안일 수 있다.

자기절제와 희생

벌써 오래전 일이다. 범죄와의 전쟁을 감독했던 윤종빈 감독이 <용서받지 못한 자>라는 작품으로 데뷔하고 개봉하던 날, 영등포의 맥줏집에서 윤 감독과 내 후배들이 술자리를 가졌다. 그때 내 후배 한 명이 윤 감독에게 작품에서 보여주고자 했던 메시지가 무엇이냐고 물었고 살짝 술에 취해 가던 윤 감독 대신 다른 후배가 진지하게 대답했다.

"작가는 작품을 만들고 그에 대한 해석은 관객의 몫이지."

흥행 대박을 터트렸던 영화 <설국열차>는 보는 사람에 따라 다양한 해석을 할 수 있다. 영화에서 내가 주의 깊게 보았던 장면은 꼬리 칸의 젊은 지도자였던 커티스(크리스 에반스 분)는 자기가 진정한 지도자가 될 수 없음을 이야기하면서 그 이유가 대중들을 위한 희생이 없었기 때문이라고 하는 부분이었다. 이 영화에서 자기희생의 상징은 팔이다. 팔을 잘라 대중들에게 식량으로 제공한 길리엄은 꼬리 칸의 지도자로서 존경을 받는다. 그러나 커티스는 이를 실행하지 못했기 때문에 지도자의 자격이 없다고 고백한다. 이 영화는 한 집단의 지도자가 가져야 하는 중요한 덕목으로써 '자기희생'을 강조하고 있다.

두말할 필요도 없이 한 국가나 사회의 지도자는 '자기절제'와 '자기희생'을 통해 대중들로부터 권위를 인정받는다. 내가 생각하기에 이 두 가지 덕목은 항상 더불어 존재해야 하며 두 가지 중 한 가지라도 결핍되면 지도자로서의 요건을 충족시키지 못하는 것이 되고 만다.

우리 사회의 정치인들이 국민의 존경을 받는 대신 조롱과 비웃음의 대상이 되는 이유는 이 두 가지 덕목을 가진 사람이 별로 없기 때문이다. 나는 이 두 가지 중에서 특히 자기희생은 지도자로서 반드시 갖춰야 하는 소양이라고 생각한다. 필요하다면 누구나 자기절제 행위는 얼마든지 가능하다. 지금 이 시각에도 노량진 학원가에는 자신의 미래를 위해 스스로 자기를 울타리에 가두어 놓고 책과 씨름하는 청춘들이 있다. 아직 젊지만 자신의 젊음을 미래의 행복과 맞바꾸기 위해 자신을 채찍질하고 있는 이들은 사회의 지도자는 아니지만, 자기절제를 통해 장밋빛 미래를 설계한다. 다시 말해 자기 생존에 결부된 일이라면 지도자가 아닌 평범한 사람도 자기절제는 얼마든지 할 수 있다는 말이다. 그러나 자기희생은 반드시 대상이 필요하며 타인을 위해 '자기 소유의 무엇'을 내려놓을 수 있어야 한다. 이처럼 누군가를 위해 자기를 희생하는 사람이야말로 이타적 인간이며 반드시 이런 사람만이 지도자가 되어야 한다.

자기절제는 잘하면서 자기희생을 할 줄 모르는 사람들의 공통점이 있는데 이런 사람들은 다른 사람을 기가 막히게 이용하는 기술이 뛰어나다는 점이다. 자기를 희생할 줄 모르는 사람은 희생을 통한 지지보다는 교묘하고 얄팍한 술수를 통해 지지를 획득한다. 이러한 방식으로 지도자가 되는 사람은 모든 관계를 자기 위주로 생각하고 정리하며 사람을 소통의 대상으로 보지 않고 도구로 이용하려고만 한다. 이런 성향의 사람은 절대 국가나 사회의 지도자가 되어서는 안 되며 그런 사람이 지도자가 되는 사회는 불행한 사회다.

국가나 사회처럼 큰 집단의 지도자가 되기를 원하든, 작은 집단의 지도자가 되기를 원하든 간에 이 두 가지 덕목은 반드시 갖추어야 하고 이에 대한 깊은 성찰과 실천이 없는 사람은 일찌감치 지도자의 길을 포기하고 범부(凡夫)로 살기를 권한다. 그것이 본인이 살고 있는 땅에 대한 애국이고 살고 있는 사회에 대한 사랑이기 때문이다.

누구도 사람 위에 군림하면서 다른 사람을 힘들게 할 권리는 없다.

숲은 울창해야 경외롭다

초가을 산은 풍성하고 아름다우며 울창하다.

아침 일찍 마곡사를 갔다가 반나절을 돌아다녔다. 비 오는 사찰은 맑은 날에 보았던 것보다 훨씬 운치 있다. 이 경치에 홀려서 서너 시간을 걸었더니 다리도 아프고 배도 고파서 숙소로 돌아오기로 하고 갈 때와는 다르게 터덜터덜 걸음을 재촉했다. 평소에 차를 타고 다닐 때는 보이지 않던 길가의 작은 풀과 벌레들을 무심히 바라보고 걷고 있을 때 진한 갈색의 밤알이 눈에 띄었다. 배도 고픈 데다 힘도 들어서 밤을 좀 줍기로 했다. 비가 와서 토실한 알밤이 제법 많이 떨어져 있다. 그러나 몇 알만 필요한 나로서는 더 이상 주울 필요가 없기에 그냥 숙소로 돌아왔다.

샤워하고 베란다에 나가 조금 전에 밤을 주웠던 곳을 멀리서 바라보니 가까이에서 보았던 것보다도 훨씬 밤나무가 많았다. 만약 저

산에 튼튼하고 거대한 밤나무 한 그루가 주변의 밤나무가 섭취할 땅의 영양소를 모두 흡수해 버린다면 어떻게 될까 하는 쓸데없는 생각을 했다. 작은 나무들은 거대한 밤나무의 생장과 유지를 위해 영양소를 모두 빼앗기고 서서히 죽어갈 것이다. 독불장군처럼 울창한 밤나무 한 그루가 결국 산 하나를 차지하고 아무것도 없는 황량한 땅에 홀로 박혀 두리번거리다가 죽어갈 것이다. 숲은 작은 나무와 큰 나무가 조화롭게 섞여 살아가야 진정한 숲답다. 큰 힘을 가지고 있다고 작은 나무를 희생시키는 거대한 나무는 언젠가 존재 의미를 상실하게 될 것이다. 모두가 존재감을 가질 수 있을 때 비로소 숲은 완성된다. 작은 나무라 할지라도 큰 나무가 살아가기 위해 도구로 존재하는 것은 결코 아니다. 이것이 신영복 선생께서 말씀하신 '더불어 숲'의 진정한 의미일 것이다.

사람 사는 일도 이와 다르지 않다. 힘이 있고 능력이 있다고 해서 그렇지 못한 사람을 핍박하거나 착취하는 행위는 옳지 못하다. 능력이 없다고 해도 그 사람의 존재 가치가 없다는 의미는 절대 아니기 때문이다. 우리가 살고 있는 사회 속에서 그만의 역할이 분명히 있을 것이기 때문이다. 우리 사는 세상도 숲과 같아서 큰 그늘을 제공하는 사람도 필요하지만, 빗물을 흡수해서 천천히 산 아래로 내려보내는 잡목들의 나름 역할도 필요하며 과실을 제공하는 나무도 필요하다. 만약 이처럼 다양한 사람들이 없다면 이 사회는 존재할 수 없다.

그런데 우리 사회는 언제부터인가 상위 1%만을 위한 사회로 변화되었다. 최하위 극빈층은 물론이려니와 중산층도 먹고살기가 점점더 힘들어지니 말이다.

2013년 12월 한국보건사회연구원은 '중산층 구성의 변화와 소득 공제에 의한 중산층 복원 정책의 효과성 평가' 보고서를 통해 중산층은 1990년 74.47%였으나 2000년 70.87%, 2010년 67.33%로 20년간 7.14%포인트 줄었다고 발표했다. 고소득층은 1990년 18.2%에서 2010년 20.43%로 2.23%포인트 증가했고, 저소득층은 1990년 7.34%에서 2010년 12.24%로 4.9%포인트 늘어 고소득층보다 증가폭이 컸다. 지난 20년간 중산층은 꾸준히 줄고 저소득층은 늘어난 것이다. 취업포털 잡코리아(www.jobkorea.co.kr)가 남녀 직장인 1,722명을 대상으로 한 '2014년 새해 기대감'에 관한 설문 조사에서도 2014년 직장인들이 가장 이루고 싶은 계획은 '좋은 조건으로의 이직'이며, 가장 듣고 싶은 희망뉴스는 '중산층 확대 및 빈부격차 양극화 해소'인 것으로 조사됐다고 한다. 문화체육관광부에서 1996년부터 5년마다 실시하고 있는 한국인의 의식가치관 조사에서도 2013년 현재 가정의 경제수준에 대해 중산층보다 낮다는 50.9%, 중산층이다는 43.9%, 중산층보다 높다는 5.2%로 응답했다.

중산층은 숲을 이루는 근간 같은 계층이다. 만약 커다란 산에 큰 나무 몇 그루만 듬성듬성 있다면 그 산의 생태계는 바로 무너질 것이며 숲으로서의 정상적인 기능은 더 이상 기대하기 힘들다. 인간 사회도 마찬가지인데 중산층이 무너지고 극빈층이 더 극빈화하면 할수록 상위 1% 계층은 존재할 수 없다.

남극에 사는 황제펭귄은 혹한의 겨울을 무사히 지내기 위해 '허들링'이라는 독특한 행위를 하는데 일정한 공간을 중심으로 둥그렇게 모여 어깨와 몸을 바짝 붙인 상태로 추위를 피하며 체온을 보전한다. 가장 바깥에 있는 펭귄은 추위에 더 노출되기 때문에 수시로 안

쪽에 있던 펭귄이 자리를 바꿔주며 서로의 목숨을 지켜주는 것이다. 먹을 것이 부족하여 체력이 바닥나 지쳐버린 펭귄들이 생존하는 방법이다.

하물며 동물들도 더불어 살기 위한 본능이 있는데 각 계층의 다양성을 인정하고 공생(共生)할 수 있는 사회적 합의를 사회 변화에 따라 만들어내지 못한다면 우리 인간사회의 계층 간 대립은 큰 사회문제로 대두될 것임이 뻔하다. 그런데 문제는 정부의 제도적 뒷받침이나 사회적 합의보다 우리 사회를 구성하고 있는 '사람들의 의식이 성숙하지 못하다는 점이다. 삶의 목표를 오로지 '성공'에 맞춰 놓고 사는 우리는 타인을 배려하고 인정하지 못한다. 공생보다는 경쟁에 내몰리면서 인성의 함양이나 타인에 대한 배려는 학습할 기회를 근본적으로 박탈당했다. 그러다 보니 우리 사회의 1%를 구성한 상위 계층 사람들이나 지도자는 인성이나 교양을 교육받지 못하고 국·영·수를 잘하는 사람들로 채워지고 있다. 철학적 삶의 방식을 고민하고 교육받지 못한 이러한 사람들은 타인을 존중하며 숲을 이루어 사는 방식을 모른다. 머리가 좋고 공부를 잘해서 좋은 대학을 가고 한 분야의 전문가가 되었다는 것이 우리의 지도자가 될 소양을 갖추었다는 의미는 절대 아니다.

21세기 우리 사회의 지도자는 머리가 좋아 공부를 잘하는 사람이 아닌 사람을 사랑하고 숲의 의미를 잘 이해하는 사람이어야 한다. 지친 사람들을 위로하고 이해하는 사람이어야 한다.

결국 우리를 행복하게 해 줄 수 있는 지도자를 선택하는 방법은 현명하게 판단하고 적극적으로 투표에 참여하는 일이다.

정치와 종교

살다 보면 사람을 징그럽게도 지치게 하는 사람들이 있다. 여기에 정치인을 뺄 수는 없다. 그런데 정치는 묘하게도 종교와 비슷한 측면이 많이 있다. 이를 몇 가지 살펴보면 첫째, 많은 동조자를 필요로 한다. 정치인은 자기의 정치적 영향력 확대와 지지자들의 힘에 의해 권력을 행사함으로써 정당함을 획득한다. 종교도 마찬가지로 많은 신도는 곧 권력이며 경제력이다. 두 분야 모두 사람들을 많이 조직해야 살아남는다.

둘째, 불투명한 미래를 담보로 희생을 요구한다. 정치인은 정치적 비전을 보임으로써 동조자를 규합하게 되는데 이 동조자들에게 보여줄 수 있는 것은 어떻게 될지 모르는 미래의 청사진뿐이다. 이 청사진은 말 그대로 청사진일 뿐 아직 아무런 변화도 일으키지 못한 미완의 도구일 뿐이다. 그럼에도 불구하고 담보되지 않는 미래의 행복과 사회 변화를 위해 정치인은 지지자의 희생을 요구하며 지지자들은 기꺼이 자신의 시간과 돈을 투자한다. 종교도 마찬가지로 확인되지 않은 죽음 이후의 내세에 대한 평화와 그 평화로운 공간에 갈 수 있을지도 모른다는 환상을 이식시킴으로써 종교적 권위를 획득하였고 유지하려고 한다.

셋째, 돈이 몰리지만 지출되는 곳이 불분명하다. 정치를 직업으로 삼는 사람들을 보면 일정한 직업이 없음에도 불구하고 잘 먹고 잘 쓴다. 정치인이나 종교인은 일정한 출퇴근 시간을 반드시 지키지도 않지만 온종일 공장에서 일하는 노동자보다 잘 먹고 잘 쓴다. 선거를 앞둔 정치인이 시장을 돌아다니며 해장국, 설렁탕을 먹는 쇼를 하지만 평소에 그들을 시장에서 본다는 것은 하늘의 별 따기만큼이나 어려운 일이다. 그들은 평소에 시장을 즐겨 찾는 사람들이 절대 아니며 노동자 서민보다 좋은 음식을 먹고 산다. 물론 자신을 희생하고 소외된 사람들을 위해 자신을 희생하는 종교인도 있지만, TV의 시사고발 프로그램에 나오는 일부 종교인은 하느님을 돈벌이에 이용하는 추접스러운 행동을 서슴지 않는다. 한 달에 교회로부터 받는 월급이 얼마인지 모르지만, 그 씀씀이와 가족들의 소비 생활은 놀라움을 금치 못하게 한다. 정치인과 종교인의 씀씀이는 많이 유사하다.

넷째, 사회의 지도자임을 자처하고 다닌다. 정치인이나 성직자는 찾는 사람들이 많다. 그러다 보니 대중에게 노출되는 빈도수가 잦게 되면서 어느 순간 그들만을 추종하는 사람들에 의해 자연스럽게 지도층이 된다. 하지만 특정한 종교를 가지고 있지 않거나 정치에 관심이 없는 사람들이 보기에는 코미디일 뿐이다. 그들의 인정받지 못한 권위와 동의받지 못한 지도자 행세에 사람들은 지친다. 원래 정치인과 종교인은 사람들의 행복을 위해 희생하는 공복(公僕)임에도 불구하고 오히려 공공 위에 군림하려는 행태가 일반적이다.

다섯째, 그럼에도 불구하고 대중들에게 동경의 대상이 되는 직업이다. 아이로니컬하게도 이처럼 그들에 대해 우리가 가지고 있는 불편함은 그들 스스로 지향하는 권력욕과 그들을 추종하는 사람으로부터 권위를 부여받음으로써 대중들에게 동경의 대상이 되며 일부의 사람들은 그들과 같은 삶을 살기 위해 노력하기도 한다. 여의도에 넘쳐나는 정치 지망생들과 수많은 신학대학과 교육원 그리고 출가하는 사람들을 보라.

우리는 정치인과 종교인을 통해 세속적 삶에 대한 위로와 미래의 인생에 대한 희망을 보려고 한다. 그러나 진정으로 사람을 위한 삶을 사는 정치인과 종교인을 만나기는 참으로 어렵다. 과연 그들에게 다른 사람을 지치게 하지 않고 자기의 역사적 사명을 직시하고 스스로 성찰하는 삶을 통해 이타적 삶을 살기 바라는 것은 무리일까?

05

우리는 혼혈이다

한국사회에서 다문화는 이제 피할 수 없는 일이 되었다. 이주노동자가 처음 한국에 올 때만 해도 이들을 신기하게 바라보거나 가끔은 동정의 대상으로 바라보았던 적이 있었다. 그러나 국민들이 그들을 바라보는 시선이 그때와는 전혀 다르다는 것을 느끼고 있다. 예를 들어 포털 사이트에 다문화에 대한 기사가 나오면 댓글의 95% 이상은 모두 이들에 대한 적개심을 나타내고 있다. 이주민을 바라보는 시선이 곱지 않은 데는 몇 가지 이유가 있다.

첫 번째는 청년 구직자와 이주민이 일자리 경쟁을 해야 하므로 이 때문에 임금이 낮아진다는 우려 때문이다. 그러나 이주노동자나 중국동포가 일하는 공간은 한정되어 있다. 이주노동자 추방을 주장하는 논객의 글을 본 적이 있는데 중소제조업체에서 자동화 설비를 갖춘다면 이주노동자로 인해 유출되는 국부가 차단될 것이라는 의견이었다. 그러나 이는 중소제조업체의 현실을 모르고 하는 소리다. 가구공장의 예를 들어보자. 먼저 가구공장에서 책상을 주문받으면 주문받은 치수에 맞게 합판을 자른 후 책상다리를 붙이는데 한 번에 다리를 붙일 수가 없다. 일단 공업용 아교를 이용해 다리를 붙인 후 한쪽에 쌓기 시작한다. 아래에서부터 차곡차곡 쌓아 가는데 이렇게 하는 이유는 책상 몸체에 다리를 정확하게 부착하기 위해서이다. 이 작업이 끝나면 비로소 '타카'라고 하는 공구로 책상다리와 몸통을 고정한다. 이후 페인트를 칠하고 사포로 갈아내는 작업을 서너 번 반복해야 하나의 책상이 완성된다. 결국, 이러한 작업은 자동화가 불가능하며 일일이 수작업으로만 할 수 있다. 문제는 고학력의 청년구직자들이 이러한 일자리를 원하지 않는데 책상이나 의자, 화장대 같은 제품을 소량으로 주문하는 수요가 많다는 점이다. 즉, 이주노동자와 청년구직자는 일자리 경쟁을 하지 않는 구조이다.

두 번째, 단일민족이라는 순혈주의의 환상에 빠져 있다. 단일민족이라는 개념은 일제강점기에 일본이 러시아와의 전쟁에서 승리하자 당시의 지식인들이 독립투쟁을 위한 하나의 방법론적 개념으로 만들어낸 허구 개념이다. 역사적으로도 우리 사회가 혼혈사회라는 많은 증거가 있다. 금관가야의 시조인 김수로왕의 부인은 아유타국 출신의 허황옥으로서 김해 김씨와 김해 허씨의 시조모이다. 허황옥을 따라왔던 많은 시종과 시녀들도 가야인과 결혼해서 뿌리를 내렸다. 역사서에 따르면 아라비아 상인들이 신라에 교역을 위해 방문했다가 신라의 기후와 풍광, 신라인의 품성에 반해 눌러앉아 살았다는 기록도 있으며 권력 싸움에서 밀려난 흉노족이 경상도 지역에 정착했던 기록도 있다. 특히나 한반도는 지정학적 위치상 전쟁을 많이 겪었다. 전쟁을 기획하고 전략을 구상하는 고위층은 정치적 의도를 가지고 전쟁을 하겠지만, 전장에서 싸우는 병사는 명령에 의해서 무조건 싸울 뿐이다. 이처럼 죽을 고비를 넘기면서 불평불만을 품게 되는 병사들에게 전쟁 지휘부가 암묵적으로 용인한 것이 있었는데 그것은 전투에서 승리할 경우 재물에 대한 약탈과 여성에 대한 겁탈이었다. 단일민족이 가당키나 한 일이겠는가?

세 번째, 정치적·경제적·사회적으로 쌓여 있는 분노의 표출 대상으로서 약자인 이주민을 겨냥하고 있다. 한국 국민들이 갖는 행복지수는 최하위 수준이다. 정치인의 행태는 실망을 넘어 무관심의 대상으로 전락해 버렸고 아무리 일을 해도 벗어나기 힘든 생활고는 언제나 우리를 막막하게 만든다. 어쩌다 돈이 생겨 폼나게 술을 먹어

도, 운동경기를 보며 소리를 질러도 이는 삶의 고통을 잠시 잊게 만드는 모르핀일 뿐이다. 팍팍한 사회적 관계는 마음속에 돌덩이 같은 응어리를 만든다. 그러나 그러한 분노 덩어리를 풀어 버릴 수단은 그리 많지 않다. 어쩌면 쌓이는 분노를 외부에서 풀 수 있는 방법은 없을지도 모른다.

이런 우리에게 이주민은 분노 표출과 분노를 해소하기 위한 좋은 대상이다. 이주민은 약자다. 돈을 벌기 위해 왔지만, 말도 통하지 않고 문화도 다르며 아는 사람도 없는 타국에서의 삶은 고되고 주눅이 들어서 살 수밖에 없다. 가끔 외국인 범죄 때문에 이주민을 혐오하는 사람들을 볼 수 있는데 외국인이기 때문에 이 땅에서는 온순하고 말 잘 듣고 순진해야 한다는 생각은 일방적인 폭력이다. 사람은 다 똑같다. 이주민 중에서도 좋은 사람이 있는 반면에 나쁜 놈들도 있다. 그러나 어떻게 우리 입맛에 맞는 좋은 사람들만 선별해서 받아들일 수 있단 말인가. 이주민을 하나의 잣대로 재단해서 평가하는 일은 지양되어야 한다. 좋은 사람은 마땅히 대접해야 하고 죄를 짓는 나쁜 놈은 당연히 처벌받아야 한다.

약간은 못마땅하고 마음도 불편하겠지만, 이주민을 대하는 태도의 변화가 빠르면 빠를수록 우리 자신이 편안해진다. 그들을 있는 그대로 인정하고 받아들임으로써 우리가 마음속에 가지고 있던 불편함과 지침이 해소된다. 이주민에 대한 배제적 시선이 강하고 오래갈수록 우리 마음속의 피로감만 더 쌓여 갈 것이다.

5천 년을 이 땅에서 살아오면서 우리의 피는 이리저리 섞이고 문화는 융합되어 지금에 이르렀다. 현재의 이주민이 바로 다음 세대에는 우리와 같이 이 사회를 형성하고 유지해 나갈 사람들이다. 피부

색에 따른 구별 짓기나 현실적이지 않은 외국인 혐오, 단일민족의 환상은 빨리 깨버릴수록 마음의 평화가 빨리 온다. 우리가 먼저, 그들이 나중에 이 땅에서 혼혈된 것뿐이다.

06

사람들의 간절함은
이기적 욕망이다

산을 오르면 꼭 눈에 띄는 것이 있는데 바로 돌탑이다. 동네의 작은 산은 말할 것도 없고 설악산, 지리산, 속리산 등 어느 산을 가더라도 크고 작은 돌탑들이 길가에 즐비하다. 예전에 컬투쇼라는 라디오 프로그램에서 들었던 에피소드는 사람들의 간절함이 어느 정도인지 말해준다. 컬투쇼에 사연을 보냈던 청취자가 어느 날 이른 새벽 시간에 설악산에 오르게 되었다. 그런데 본격적인 산행을 시작하기도 전에 산의 초입부에서 대변이 급했단다. 급한 마음에 사람도 없고 해서 길가에서 볼일을 본 후 돌덩이 몇 개를 그 위에 올려놓은 후 올라갔는데 저녁 무렵 산에서 내려오다 보니 사람들이 자기의 대변 위에 돌을 쌓고 또 쌓아서 돌탑이 되어 있었는데 그 앞에서 간절히 기도를 드리더라는 것이다. 오랜만에 배꼽을 잡고 웃었지만, 여기에는 사람들이 품고 있는 간절함과 이기적 욕망이 내재되어 있다.

그러나 이러한 이기적 간절함이 우리의 지친 일상을 근본적으로 해결해 주지는 않는다. 보다 근원적이고 이타적인 해결책의 고민이 필요하다.

사람들은 돌탑에 작은 돌을 올리면서 마음속으로 간절히 바라는 무언가를 빌고 또 빌었을 것이다. 나는 돌탑을 보면서 무슨 소망을 그렇게도 간절하게 빌었을까 생각해 보았다. 곳곳에 쌓인 돌무더기만큼이나 수많은 소망을 빌었을 것이다. 그러나 사람들이 가진 간절함을 들여다보면 아마도 개인적인 소원이 대부분일 것이다. 예상하건대 돌탑에 돌을 하나 쌓으면서 남북통일을 염원하거나 범죄 없는 사회를 기도하거나 세대 간의 갈등이 없어져서 살기 좋은 사회가 되기를 바라는 사람은 거의 없을 것이다. 법당을 짓기 위해 불사를 하는 절을 방문해 보면 일정액의 돈을 받고 법당에 쓸 기와에 소망을 적는데 나는 단 한 번도 '우리 사회의 빈부 격차를 없애주세요'처럼 거창한 구호나 '옆집 김 씨네가 돈 많이 벌게 해 주세요'라고 쓰여 있는 글귀를 보지 못했다. 부자 되게 해주세요, 입시 대박, 소원성취, 가족 건강, 가족 행복 등 모든 내용이 자기 위주의 글귀밖에 없다. 짐작건대 일요일 아침의 하느님도 수많은 사람의 이기적인 간절한 소망 때문에 엄청나게 지치실지도 모른다. 프랑스의 저명한 사상가인 볼테르는 '사회 평화는 이데올로기적 명령이 아니라 이기주의에 의해 가능하다'고 확신했다. 그러나 나는 그렇게 생각하지 않는다. 차라리 아주 가끔은 나와 내 가족이 아닌 타인을 위한 소망을 빌어보는 것이 사회 평화에 더 기여한다고 생각한다.

이기적인 사고가 결국은 사회를 피폐하게 만든다. 언제부터인가 우리가 자랑하던 공동체문화는 실종되었다. 1960년대 이전의 농경사회에서 공동체문화는 함께 생존하기 위한 필수 요소였다. 그러나 압축적 근대화 과정을 거치면서 다른 사람을 배려하거나 함께 일을 만드는 방식은 낯설어졌다. 이러한 삶의 방식은 자신을 타인으로부터 고립시키면서 이기적 인간을 만들어냈다. 이타적 인간보다 이기적 인간이 이 사회에 더 많으므로 발생하는 문제들을 우리는 너무나 잘 알고 있다. 이와 같은 상황을 우려하는 일부 깨어 있는 시민들은 마을공동체나 농업공동체를 비롯해 다양한 방식의 조합을 설립함으로써 이타적인 삶의 방식을 보편화시키기 위해 노력하고 있다. 이런 부류의 사람들이 사는 삶의 방식이야말로 이타적 간절함이라고 표현할 수 있다.

도덕적 인간의 완성은 욕망의 통제로부터 시작된다. 여기에서 욕망이란 당연히 이기적 욕망이다. 내가 사람답게 살기 위한 도덕 사회는 나 혼자 만들 수 없다. 이기적 욕망의 통제, 이타적 간절함도

자연스러운 사회가 되면 지금보다는 훨씬 살기 좋아질 것이다. 각자가 살고 있는 세상에서 잠깐만 눈을 옆으로 돌려보면 이타적 삶을 살 수 있는 사회적 공간이 보일 것이다. 그 공간에 자신의 시간과 열정을 조금씩만 투자하면 분명히 세상은 조금씩 변할 것이며 그 세상속이 당신이 살아갈 공간이다.

아버지도 지친다

가장은 한 가정의 든든한 울타리다. 어린아이들의 눈에 아빠는 무슨 일이든 할 수 있는 슈퍼맨이자 배트맨이며 나이 먹은 자녀들에게도 아버지는 대외적인 권위의 상징이다. 물론 양성평등 의식이 고양되면서 가정 내에서 아버지의 위상이 예전만 못한 것은 사실이다. 내 어릴 적 기억에 안방의 한가운데에 자리하고 있는 크리스털 재떨이는 아버지의 권위를 상징하는 소품이었다. 흡연 인구가 지금보다 많았던 그때 그 시절 아버지들의 인생도 지금과 별반 차이는 없었다. 가족을 부양하기 위해 돈을 벌어야 했으며 직장에서 온갖 수모를 겪으면서도 가족을 위해 참아 냈다. 그러나 집으로 돌아와서는 최소한의 권위를 인정받았으며 안방에서의 흡연은 당연한 행동이었다.

하지만 현재 안방에서 담배를 피울 정도로 간이 큰 아버지를 나는 보지 못했다. 나도 담배를 피우기 위해 뒤 베란다에 재떨이를 마련했는데 그곳에서 담배를 피우다 보면 맞은편 아파트의 베란다에서도 담뱃불이 반짝이는 광경을 본다. 그렇다고 여성들에게 가장으로서의 권위를 인정해 달라거나 집안에서 담배를 피울 수 있게 허락해 달라고 요구하자는 것은 아니다. 다만 이 시대를 살아가는 한 사람으로서의 남편이자 아버지인 그들의 기를 살려줄 필요가 있다는 것이다.

나는 아침에 출근하고 저녁에 퇴근하는 일상적인 직장 경험이 별로 없다. 대학을 졸업한 이후의 3년 정도가 내 직장 경험의 전부이다. 이후 시민단체 활동은 경제적 활동이라기보다 일종의 사명감(?)에 경도되었다고 보는 편이 맞다. 그러다 보니 출퇴근 시간에 대한 개념이 없었다. 아침 일찍 출근을 하더라도 퇴근 시간에 사무실을 나왔던 기억이 거의 없다. 내가 좋아서 선택했던 일이었기 때문에 누구를 원망하거나 월급이 적다고 불평을 늘어놓을 수 없었다. 하지만 대부분의 직장인은 가족 부양을 위해 일을 하기 때문에 퇴근 후 술자리에서 직장 상사에 대한 불평이나 사회생활에 대한 고충을 토로하는 일은 당연한 일이다. 내가 3년 남짓한 직장생활 동안 겪었던 스트레스와 정신적 고통을 어떤 가장들은 평생 겪는다. 참으로 존경스럽다. 매일 계속되는 야근에 주말 특근도 불사하는 직장인의 비애는 공원에 놀러 나온 다른 가족들을 볼 때 '왜 저들만 행복할까'라는 생각에 자괴감으로 이어지곤 한다. 누구든 가족들과의 단란한 저녁과 느긋한 휴일을 가지고 싶다. 그러나 우리의 삶 자체는 그리 행복하지 않다. 행복한 일을 만들고 거기에 만족하려고 위안 삼을 뿐이다.

요즘은 많은 여성이 직장에서 자기의 능력을 발휘하고 있기 때문에 직장인의 고뇌를 많이 이해하고 있을 것이다. 내가 얼마 전까지 근무했던 연구소는 여의도에 있다. 퇴근 후 연구원들과 회식이라도 하러 가는 날이면 주위의 술자리에서는 낯모르는 팀장과 부장이 술자리의 안주로 올라 있는 경우가 허다하다. 그렇다! 그렇게밖에 할 수 없는 상황이 직장인의 비애이자 한 가정의 가장들이 스트레스를 집까지 가지고 가지 않기 위해 할 수 있는 발악이다. 그렇게 직장 상사를 안주 삼아 마신 소주 냄새를 풍기며 가장들은 집으로 돌아간다. 술 취한 슈퍼맨은 아무렇지도 않은 척 아이들을 안아주고 마누라의 잔소리를 자장가 삼아 잠을 청하고 다음 날이면 어김없이 기계처럼 집을 나선다.

자본주의 체제에 살다 보니 돈은 전가의 보도처럼 무소불위의 힘을 가지고 있다. 그러나 아내들이여! 어느 집 남편도 돈을 벌기 싫어하는 사람은 없다는 사실을 직시해 주기 바란다. 상사한테 깨지고 후배에게 치일 때도 가족의 얼굴을 떠올리면서 참고 또 참으면서 개미처럼 일을 해야 하는 숙명이 가장의 몫이다.

위로가 될지는 모르겠지만, 아무리 죽어라고 일을 해도 자본주의 금융 시스템은 우리 소시민에게 큰돈을 허락하지 않는다. 필요한 만큼만 쥐여 주고 그것마저도 다른 자본가가 낚아채 가는 현실이 우리의 자화상이다.

꿈쩍도 하지 않는 거대한 체제 속에서 당신들의 남편, 또 누군가의 아버지는 나름대로 지독한 전쟁을 치르고 있음을 알아주었으면 좋겠다. 쑥스럽고 어색하더라도 가끔은 아버지를 안아 드리자. 선천적으로 인간성이 포악한 분이 아니라면 겉으로는 쑥스러워 툴툴거리실지 모르지만, 마음은 분명 그렇지 않다.

친노를 정의하라

정치권이 술렁일 때면 언제나 TV에서는 친노, 반노, 비노라는 말들이 쏟아져 나온다. 아마도 친노라 함은 노무현 대통령님과 선거를 치르고 참여정부를 이끌었던 사람들일 것이다. 반노와 비노는 노무현 대통령님과 정치적 대립각을 세웠던 사람들일 것이다. 그런데 재미있는 점은 참여정부에서 각료를 역임했던 사람들이 친노가 아닌 비노나 반노파에도 많이 있다는 점이다.

이렇게 한솥밥을 먹었음에도 불구하고 민주당 내부의 역학관계가 복잡한 이유는 오히려 단순하다. 바로 계파 간의 내부 권력투쟁의 결과라고밖에 할 수 없다. 나는 지난 19대 총선에서 자의 반 타의 반으로 비례대표에 출마한 경험이 있다. 처음 민주당에서는 각계의 전문가 그룹을 비례대표로 영입하겠다는 발표를 했고 나는 순진하게도 그것을 곧이곧대로 믿었다. 그러나 결과는 권태응 시인의 감자라는 시의 한 구절처럼 파보나 마나였다. 나중에 정치권 언저리에 들어와서 보니 나는 시쳇말로 헛짓거리한 셈이었다.

민주당 내부의 사정은 국민들이 알고 있는 것보다 훨씬 계파주의적이고 독선적이었으며 배타적이었다. 당은 ○○계, ○○계, ○○계로 나뉘어 있었으며 그 계파에 줄이라도 잘 서야 한자리 꿰어차는 식이다. 역사를 돌아보면 정치분야에서는 별로 나아진 바가 없다. 조선 시대에도 동인은 남인, 북인으로 서인은 노론과 소론으로 갈라져 당파 싸움을 했으니 지금과 별반 다를 게 없다.

나는 친노, 반노, 비노를 구분하는 사람들이 신기하다. 도대체 무슨 근거로 그렇게도 잘 구분하는지 놀라울 뿐이다. 내 짧은 소견이지만 난 아직도 노무현 정신이라 불리는 개념의 실체를 알지 못한다. 무엇이 노무현 정신인지, 노무현의 정치 철학은 무엇이었는지, 노무현의 국가관은 무엇인지 난 알지 못한다. 내 생각에는 명확하게 실체화되지 않은 개념들을 정치인들이 필요에 따라 이용해 먹고 있는 것으로밖에 보이지 않는다.

노무현 대통령의 유업을 계승하고 그를 추모하는 이들이 노무현재단을 만들어서 활동하고 있다. 명사의 강연과 봉하마을 투어 등 다양한 프로그램을 진행하는 것으로 알고 있다. 물론 이런 활동도 필요한 일이다. 하지만 보다 체계적으로 노무현 정신을 정리하고 그의 가치관과 정치 철학을 개념화하는 학술적 작업이 우선되어야 한다. 실체가 없는 사상을 토대로 시민들을 교육하고 동원하는 구조는 결국 사상누각이 될 것이다. 그러므로 사상적 배경이 확립되고 노무현의 가치관에 동의하는 사람들이야말로 정치적 이해관계나 노무현과의 개인적 관계를 맺은 그룹을 포괄하는 '범친노'로 정의할 수 있

어야 한다. 단순히 참여정부에서 녹을 먹었다거나 노무현의 정치 행
보에 동행했다는 이유만으로 그들을 '진성 친노'라고 규정지어서는
안 된다. 이러한 행태는 민주적 진보세력의 내부 분열을 촉진시키고
수구 세력으로부터 좋은 공격 대상이 되기 때문이다.

소위 '노무현의 정신'은 다음 세대로 나아가기 위한 징검다리가
되어야 한다. 더 이상 노무현에 기대어 한국의 정치판을 혼란스럽게
만들지 말아야 한다. 노무현 정신의 토대 위에 새로운 시대정신을
구현할 수 있는 지도자를 중심으로 우리 사회를 민주적으로 재편해
나가야 한다. 정치는 시민이 안전하고 편안하게 살 수 있도록 체계
적으로 고뇌하고 실행하는 일이다. 여기에 이념 정쟁이나 계파 갈등
과 야합 등으로 인해 시민의 정신적 피로감을 만들어서는 안 된다.

김경수 봉하사업본부장의 말대로 이제는 노무현 대통령을 편히
쉴 수 있도록 보내 드려야 한다. 돌아가셔서도 지친 몸을 편히 누이
지 못하는 그를 이제는 보내 드려야 한다.

가끔은 분노를 표출해야 한다

불특정다수를 향한 '묻지마 범죄'는 범행 동기는 분명한 데 반해 범행의 대상은 불분명하다는 특징이 있다. 범행 동기는 대부분 사회에 대한 불평, 불만이 누적되어 있고 심리적으로 불안하거나 분노가 쌓여 있는 상태에서 이를 해소할 방법이 없을 때 표출된다. 인간은 화가 나면 당연히 화를 낼 수 있다. 하지만 화를 내야 할 상황이 아님에도 불구하고 화를 내는 경우 이를 분노조절장애라고 할 수 있다. 분노조절장애(Anger disorder)는 분노를 올바르게 드러내고 숨기는 데 어려움을 느끼고 이 두 가지가 조화를 이루지 못하고 병적으로 표출되는 것을 말한다. 이는 현대사회의 큰 문젯거리 중 하나인데 우리가 뉴스에서 자주 접하는 불특정 다수를 향한 '묻지마 범죄'는 분노가 폭발하여 충동적으로 범죄를 저지르는 행위인데 이와 같은 범죄는 우리 사회에서 지속적으로 발생하고 있었다. 1990년 8월

25일자 동아일보를 보면 '공중전화 살인, 담배거절 구타, 순간적 불쾌감 못 참아'라는 기사에서 충동적으로 범죄를 저지르는 모습을 볼 수 있다.

이와 같은 현상을 좀 더 과학적인 방법으로 분석해 보면 크게 두 가지로 나누어 볼 수 있는데, 첫 번째는 인체 과학적인 분석 방법이다. "분노조절장애 등 충동조절장애는 감정을 일으키고 받아들이는 뇌 내 중심 부위의 '변연계'와 감정을 조절하고 실제 행동으로 옮기는 뇌 앞쪽의 '전두엽' 중 한쪽 혹은 두 부위 간 신호전달시스템에 문제가 생겨 발생한다"는 것인데, "지속적으로 큰 스트레스가 쌓이는 경우엔 변연계에, 한꺼번에 심한 충격 또는 스트레스를 받는 경우 전두엽에 과부하가 걸려 감정을 적절히 조절하지 못하게 된다"는 것이다. 다른 말로 표현하면 자신도 모르게 충동적으로 행동한다는 것이다. 두 번째는 사회과학적인 분석 방법이다. 최석현 경기개발연구원 사회경제센터 연구위원이 발표한 '분노사회의 진단과 관리 전략'이라는 보고서에 따르면, "한국인들의 문제에 대한 사회 이슈화 방식이 대화보다는 분노 표출 방식으로 변화하면서 '목소리 큰 사람이 이긴다'는 문제해결 방식이 일반화되고 있다"고 분석하고 있다. 두 가지 분석 모두 나름대로 근거를 제시하고 있지만 나는 개인적으로 사회적 문제로 인한 부작용에 방점을 찍고 싶다.

나는 이 같은 분노조절장애가 만연한 충동적 사회가 만들어진 원인을 거칠게나마 두 가지로 보고 있다. 첫째는 우리 사회가 압축적 근대화를 겪으면서 '돈'이면 무엇이든 해결되는 방식에 익숙하게 변해버렸다는 점이다. 삶의 목적이 '돈'과 결부됨으로써 팍팍한 세상살이가 더 피폐하게 되고 우리 모두는 돈을 벌기 위해 인생을 'all in'

하면서 정신적 수양과 성찰과는 거리가 먼 삶을 살고 있었다. 당연히 자기감정을 조절하고 분노를 부드럽게 해소하는 방법을 우리는 알지 못한다. 둘째는 어설픈 민주주의의 확산이다. 최석현 연구위원이 지적한 바와 일맥상통하는 부분도 있는데, 일제 강점기의 억압된 생활세계와 개인사를 거치고 유신 시대의 공포정치를 경험했던 우리 국민들은 억눌리고 복종하는 삶을 은연중에 강요받았다. 우리 사회가 민주화가 되기 이전까지 이러한 상황은 계속되었지만, 개인의 민주주의 의식이 성장하고 사회가 민주화되면서 상대방과의 대화나 타협을 통한 소통보다는 개인의 가치만이 최우선시되는 기이한 의식이 우리 안에 자리 잡게 되었다. 이는 압축적 근대화를 통해 축적된 부와 결합하면서 타인의 삶과 존재를 인정하지 못하는 모습으로 나타났고 사람들은 분노 조절에 어려움을 겪는 상태가 되었다.

의학적으로 이러한 분노조절장애를 극복하기 위해서는 규칙적인 식사를 해야 분노조절이 쉬워진다고 한다. 몸은 생체리듬이 일정해야 모든 기능이 정상적으로 돌아가는데 뇌의 호르몬 분비와 변연계·전두엽 간 신호전달도 생활이 규칙적일 때 가장 활성화된다는 것이다. 하루에 세 끼를 정확한 시간에 먹는 습관을 지녀야 하며 생선이나 견과류의 섭취는 뇌 충동을 감소시키고 일정한 운동시간은 몸 안의 에너지를 분산시킴으로써 분노의 해소에 도움을 준다고 한다. 그러나 우리 안의 분노가 이러한 방법만으로 해소될지는 의문이다. 의학적인 해결 방법 이전에 보다 근원적이고 철학적이며 정신적인 해결 방법이 필요하다고 생각한다. 분노는 쌓이기 전에 표출해야 하며 그 방법은 각자의 개성에 맞게 개발해야 한다. 단, 타인에게 피해를 주거나 위해를 가하는 방식은 절대 안 된다. 권하고 싶지는 않은 방법이지만 나는 혼자 운전하면서 중얼거리거나 욕을 해 대거나 미친놈처럼 큰소리로 노래하기도 한다. 가끔 죽지 않을 만큼의 음주도 좋다. 분노가 생기게 원인 제공을 한 사람이나 제도, 집단을 향한 뒷담화도 좋다. 이 뒷담화에 쌍욕을 곁들이면 감칠맛이 나서 더 좋다. 쌍욕이 타인에게 혐오감을 주지만 혼자 하거나 3자를 향해 둘이 하면 아무도 피해를 보지 않아서 좋다. 내가 지쳐 쓰러지는 것보다 이렇게라도 일어서는 편이 훨씬 낫기 때문이다.

CHAPTER

04

우리 사회가
암울하다

01

2012년 대선, 민주당의 유력 정치인님들 안녕하신가요?

2012년 12월 19일 모든 국민의 눈과 귀는 누가 대통령이 되는가에 집중되어 있었다. 무지몽매한 이명박의 실정에 염증을 느꼈던 진보 진영의 사람들과 이명박은 어쩔 수 없더라도 진보 진영의 집권은 막아야 하는 보수 진영의 싸움은 어찌 보면 국민들의 편 가르기 싸움이었다. 세대 간의 갈등, 부자와 가난한 자의 대리전 양상을 보였던 대선은 박근혜 후보가 51.6%, 문재인 후보가 48%를 얻었다.

그렇게 선거가 끝나고 국정원의 선거 개입과 경찰과의 공조, 부정 선거 의혹 등 많은 문제가 불거졌지만 수많은 의혹만 남긴 채 무엇 하나 속 시원하게 밝혀지지 않았다. 정부 조직의 부정한 선거 개입이라는 엄중한 사안이었음에도 불구하고 대다수 국민들은 이 문제를 관심 대상에서 제외시켜 버리는 안타까운 일도 발생하고 있다.

인지하고 있듯이 18대 대선을 위한 민주당 당내 경선은 마지막까지 손학규, 김두관, 정세균, 문재인 등 네 명의 후보가 경쟁했다. 승리한 문재인 후보는 민주당의 공식 후보자가 되었고 경선에서 석패한 세 명의 후보는 문재인 후보의 당선을 위해 최선을 다할 것을 다짐했다. 세 명의 후보가 경선에서 졌음에도 불구하고 문재인 후보를 돕겠다는 것은 더 이상 기이한 보수 세력에게 정권을 넘길 수 없다는 위기의식, 그리고 공정한 경쟁에서 패한 자가 깨끗이 승복하는 모습을 보임으로써 민주당 내부의 결속을 공고히 하고자 하는 의미가 있다고 볼 수 있다. 그런데 얼마 전, 나는 문재인 후보의 선거 캠프에서 중요한 역할을 수행하던 H 씨를 만날 일이 있었다. 그는 민주당원을 선거에 효율적으로 동원하는 작업을 총괄하였는데 아주 흥미로운 이야기를 해 주었다.

민주당의 당내 경선이 끝나고 네 명의 후보 각각의 경선 캠프에서 당원을 관리하던 책임자들이 모여 앞으로의 선거 체제를 위한 전략 회의를 가졌는데 각 캠프에서 회의에 참석한 당원관리 책임자들이 선거와 관련한 아무런 자료를 내놓지 않더라는 것이다. 정당정치는 당은 당원이 주체이고 당원의 열정에 의해 운영되어야 한다. 그러나 문재인 후보의 캠프를 제외한 나머지 캠프에서는 그러한 당원 명부 일체를 제공하지 않았다는 것이다. 결국, 각각의 후보가 가지고 있는 지지자들에게는 변변한 선거운동 한번 제대로 하지 못했다는 말이 된다. 문재인 후보는 민주당 내에서 가지고 있는 공식적 당원 명부만을 가지고 선거에 임했으며 그럼에도 불구하고 48%라는 놀라운 득표율을 기록했다. 흔히 역사는 가정을 할 수 없다고 한다. 그러나 만약 민주당 경선에 참여했던 세 명의 후보자가 더 적극적으로 선거에 임했다면 결과는 달라졌을지도 모른다.

아쉬운 점은 또 있다. 필자가 개인적인 호기심으로 민주당 국회의원들이 본인들의 선거구에서 총선 때 얻었던 득표율과 19대 대선 때 얻었던 득표율을 살펴보니 차이가 많은 의원들이 있었다. 이는 국회의원이 의원 금배지를 달기 위해 본인의 선거에는 총력을 기울였지만, 대선에서는 큰 관심을 기울이지 않았다고 하는 증거이다. 지역구에서 민주당의 정책을 알리고 한 명의 지지자라도 더 만들기 위한 노력은 없었으며 중앙당 언저리를 기웃거리며 대선 후보나 힘 있는 국회의원에게 얼굴도장 찍는 일이 중요한 업무였음을 어렵지 않게 짐작할 수 있다.

정치와 정치인을 간단하게 정의하자면, 정치는 시민의 행복을 위해 선택할 수 있는 하나의 방법론이고 정치인은 그 이상을 실현하기 위해 투신한 사람들이다. 그러나 한국 사회의 정치인은 그렇지 않은 것 같다. 시민의 행복보다는 본인의 정치적 입지나 미래에 관심을 더 두고 있으며 국민을 정치인의 필요에 의해 이용하는 도구로 본다고밖에 할 수 없다. 정치인이 본인의 부귀영화를 원한다면 국민을 이용하는 정치를 하지 말아야 한다. 차라리 사업을 하든지 노동을 해서 돈이나 벌기를 진지하게 권한다. 더 이상 고귀한 정치의 탈을 쓰고 국민을 이용해 먹지 말았으면 한다. 진심으로 힘들고 짜증나니까……

02

노인은 거지가 아니다

구조와 행위의 문제는 사회학에서 오랫동안 논쟁이 되어 왔던 주제이다. 그러나 문제의 해결 방법에 있어 개인의 행위보다 구조의 본질적 문제에 대한 중요성이 부각되면서 개인의 행위를 구조에 편입되어 있다고 보는 학자가 많다. 우리 사회에서도 구조와 행위에 관해 우선순위를 결정해야 하는 상황에 맞닥뜨리는 경우가 제법 있다. 근래 대표적인 케이스로 박근혜 정부의 공약이었던 기초노령연금 20만 원 지급에 관한 공약수정이 있다. 공약파기다, 공약수정이다, 갑론을박이 치열하다. 사실 이러한 논쟁은 수혜자 개인들에게는 민감한 문제이긴 하지만 내 생각에 이는 구조적인 문제에서 근본적인 해결책을 찾아야 한다고 본다. 예컨대 돈이 많은 노인은 기초연금 20만 원에 연연하지 않는다. 그러나 그렇지 못한 노인들은 20만 원이 생존에 있어 큰 부분을 차지할 것이다. 노인 중에도 구조적으로 계층이 엄연히 존재하고 있다. 경제 능력이 있는 노인들은 상대적으로 정부의 정책적 보호가 덜 필요하지만, 경제 능력이 없는 노인들은 정부의 적극적 보호 개입이 필요하다. 예를 들어, 아직 노동 능력이 있는 노인들에게 일자리를 만들어 준다거나, 연금을 지급할 때 가구의 소득 수준을 고려해야 한다고 생각한다. 그러나 연금을 아무리 많이 책정하더라도 유럽의 사민주의 국가만큼의 연금을 보장하기는 현실적으로 무리가 있다. 국민 세금을 노인들에게 풍족하게 지급하는 것은 우리 사회의 구조에서는 아직 시기상조이기 때문에 차라리 노인들의 일자리를 창출하는 정부의 노력이 더 현실적이다.

나와 절친한 S군의 아버님은 올해 칠순이 넘으셨다. 그분은 아직 일을 하고 계시는데 반월에서 인천시청까지 출퇴근하신다. 출근 시간만 한 시간 반이 걸리고 환승을 세 번을 해야 회사에 도착하며 돌아올 때도 마찬가지다. 24시간을 근무하고 24시간을 쉬는 근로 형태의 찜질방에서 그분이 하시는 일은 연료를 나르고 불을 지피는 일이다. 하시는 일이 힘들지만, 기본적으로 가족의 부양을 위해 돈이 필요하기 때문에 그 고단함을 감수하고 계신다. 이러한 상황은 대부분의 노인과 그의 가족이 마찬가지이다. 정부에서 책정한 20만 원으로는 손주들의 용돈밖에 되지 않기 때문이다. 물론 공짜이기 때문에 이를 마다할 수령자는 없을 것이다. 그러나 사람이 사람답게 살기 위해서는 이 정도의 연금으로는 어림없는 일이다. 이러한 정책－처음 공약한 바대로 지켜지고 있지도 않지만－은 선거에서 표를 얻기 위한 꼼수일 뿐이다. 이런 식의 공약파기는 국민들이 정치인에 대해 불신은 심화시키는 기제로 작용한다. 정치인은 선거에 이기기 위한 꼼수 정치로 더 이상 국민을 우롱하지 말고 실질적인 삶의 질을 향상시킬 수 있는 현실적 공약을 제시하고 실행할 의무가 있다.

노인부양은 사회적 책임이며 정부는 이를 실행할 의무가 있다. 다행히 2013년 9월 서울시가 발표한 '서울 고령자 주요통계'에 따르면 노인 부양에 대해 '가족과 정부·사회의 공동책임'이라는 견해는 지난 2006년 29.1%에서 2008년 47.7%, 2010년 51.0%, 지난해 54.0%로 갈수록 높아지고 있다. 참으로 다행스러운 일이다.

통계청이 '2013 고령자 통계'에 따르면 노령화지수(65세 이상 인구/0~14세 인구×100)는 2017년 104.1로써 고령 인구가 유소년(0~14세) 인구를 초과할 것으로 전망하고 있다. 고령인구는 2013년 현재 전체 인구의 12.2%이며 매년 증가추세에 있다. 2030년엔 24.3%, 2050년엔 37.4%가 될 것으로 예상되고 있다. 저출산이 현재처럼 계속될 경우 2018년엔 생산가능인구 약 5명이 1명을, 2030년엔 약 2.6명이 1명을, 2050년엔 약 1.4명이 1명을 부양해야 할 것으로 전망되고 있다. 특히 2040년의 노년부양비는 57.2로 주요 선진국 및 브릭스(BRICS)* 국가 중 일본(64.7) 다음으로 높다. 더 이상 노인들에게 몇 푼 쥐여주는 선심성 행정으로는 근본적인 노인 문제를 해결할 수는 없는 상황에 직면하고 있는 것이다.

가난한 노인은 있지만 그들이 거지는 아니다. 몇 푼 쥐여주며 표

---

* 브릭스(BRICS; Brazil, Russia, India, China, republic of South Africa)
원래 브릭스(BRICs)는 1990년 말부터 경제성장 속도가 빠르고 경제성장 가능성이 커 주목받은 브라질(Brazil)·러시아(Russia)·인도(India)·중국(China)의 신흥경제 4국의 앞글자를 딴 용어로, 2003년 10월 BRICs의 성장가능성을 제시한 골드만삭스의 보고서인 '브릭스와 함께 꿈을(Dreaming with BRICs)'에서 처음으로 사용되었다. 이후 이들 국가는 독점적 서방의 세계 경제 구조에 대항하기 위한 신흥경제국의 정책 모임인 브릭스정상회(BRICS summits)를 2009년부터 매년 개최하고 있다. 2011년 2월 남아프리카공화국이 정식 회원국으로 인정됨에 따라 브릭스(BRICS) 국가가 5개 국가로 확대되면서 BRICs의 소문자 s가 대문자로 변경, BRICS로 변경되었다. 이에 따라 G7에 대항할 만한 세력으로 성장할지 주목되고 있다.

를 갈취하는 행위를 반성해야 한다. 차라리 노인들이 노년을 즐기면서 행복한 삶을 영위할 수 있을 정도의 연금을 지급할 수 없다면 안정적이고 편한 일자리를 고민하고 제공해야 한다. 이것이 정책이다. 정책은 제대로 만들지 못하면서 정치적 수단에만 능통한 정치인은 물러나야 하며 이러한 옥석을 가려낼 수 있는 국민들의 올바른 혜안만이 다가오는 한국사회의 명운을 결정할 것이다.

노숙자 김 씨

몇 년 전에 영상작업을 하는 후배와 함께 노숙자를 취재하기 위해 서울역 지하도를 갔다. 지하철이 끊길 시간이 되면 노숙자들은 박스를 들고 하나둘씩 자리를 잡기 시작한다. 우리는 그중에서 한 분에게 조심스럽게 말을 걸었다. 미리 가방에 소주를 두어 병 사서 넣어 두었기 때문에 소주 한잔 하자는 핑계를 대면서…….

나는 아직도 김 씨의 이름은 모른다. 그는 성씨만 가르쳐 주었다. 노숙자 대부분이 그렇지만 작은 사업을 하다가 부도가 났고 가족과 생이별을 했으며 어쩔 수 없이 노숙자 생활을 하고 있지만 언젠가는 재기하고 싶다고 했다. TV에서 자주 들었던 레퍼토리였다. 이런저런 이야기를 하다 보니 가지고 갔던 술이 다 떨어질 때쯤이 되었다. 한 명으로 시작된 취재가 한 명 두 명 모여들어 술잔을 기울이다 보니 대여섯 명으로 늘어났다. 그중에는 노숙자임에도 불구하고 서울역 근처의 여관에서 잠을 잔다는 사람이 있었는데, 과거에는 호텔의 주방에서 일했던 적이 있다며 신분증까지 보여 주었다. 그런데 이상하게도 옛날주방장이 나타나자 처음 대화를 시작했던 김 씨와 그 밖의 사람들이 긴장하는 모습이 역력했다. 의아하게 생각하고 있던 즈음 옛날주방장이 사라지고 지나가던 시민이 모여 있는 우리에게 소주를 몇 병 선물해 주었다. 약간 다른 이야기지만 서울역에는 지나가다가 호의를 베푸는 시민들 이외에 교회에서 선교를 나와 커피나 라면, 또 어떤 교회에서는 이불까지도 제공하고 있었다. 교회에서 나온 사람 중 한 명의 목에는 카세트를 걸고 있었는데 찬송가가 계속 흘러나왔다. '벌레만도 못한 내가 용서받을 수 있나요~.'

그렇게 옛날주방장이 사라지고 술기운이 더 불콰하게 올랐을 때쯤 김 씨가 옛날주방장이 사라진 곳을 보며 엄지손가락을 치켜세웠다. 그가 서울역 노숙자의 우두머리라 했다. 이어지는 김 씨의 말은 충격적이었다. 재개발지역에서 철거 사업이 필요할 때 나가지 않는 주민들을 내보내기 위해 용역회사 직원들이 동원되는데 용역회사 직원들 앞에서 주민들에게 폭력을 행사하는 사람들이 바로 노숙자들이며 옛날주방장이 노숙자를 선별해서 모으고 일당을 지급하기 때문에 왕초 노릇을 한다고 했다. 노숙자는 대부분 주민등록이 말소된 사람이 많으므로 다치거나 심한 경우 사망해도 무연고자 사망으로 처리할 수 있기 때문이란다.

김 씨는 그런 일을 하는 것에 대해 매우 불편해하고 있었다. 그렇지만 하루 일을 나가면 쪽방에서 추위를 피할 수 있는 돈이라도 벌수 있기 때문에 어쩔 수 없이 살기 위해서 나간다고 했다. 본인이 살기 위해서 또 다른 누군가를 사지로 몰아넣는 일이 우리 사회의 가장 밑바닥에서 일어나고 있는 것이다.

우리 사회는 하루빨리 이들을 정상적인 사회생활을 할 수 있도록 정상적 사회 속으로 편입시킬 필요가 있다. 혹자는 주민등록이 말소되었고 신용이 불량하므로 정상적인 구직활동이 어려울 수 있다고 한다. 그러나 경기도 외곽에 있는 수많은 작은 회사들은 인력을 구하지 못해 심각한 구인난을 겪고 있다고 한다. 노동능력이 상실된 노숙자는 그들에게 맞는 재활 치료와 보호를, 아직 노동능력을 갖추고 있는 노숙자는 '노숙자를 위한 취업박람회'라도 열어 이들에게 사람답게 살 수 있는 활로를 열어주어야 한다. 지하철을 탈 때 이들에게서 냄새가 나고 혐오스럽게 보일지 몰라도 그들도 엄연하게 이 사회의 구성원이다.

이미 많은 사람이 알고 있는 사실이긴 하지만 지하철 입구에서 노숙자들이 자활을 위해 제작해 판매하는 '빅 이슈'라는 잡지가 있다. 2010년 5월 '서울형 사회적 기업'으로 지정되었고 그해 7월에 창간호가 나와 지금까지 꾸준히 발행되고 있다. 노숙자들은 이 잡지를 판매함으로써 일정액을 자립기금으로 사용한다. 큰돈을 버는 일은 아니지만, 최소한 추운 겨울에 길거리에서 잠을 청해도 되지는 않게 된 것이다. 더 놀라운 일은 노숙자들이 만든 잡지라는 선입견을 잡지를 사는 순간 잊어버리게 될 정도로 콘텐츠가 훌륭하다는 사실이다. 글 쓰는 사람은 글을, 그림을 그리는 사람은 작품을 재능기부함으로써 제작하는데, 각 분야의 전문가가 참여하게 되면서 뉴스의 내용도 충실해졌다. 특히 잡지의 표지 모델로 레오나르도 디카프리오와 줄리아 로버츠, 저스틴 팀버레이크 등 이름만 들어도 알만한 외국의 유명 배우는 물론이고 우리나라에서도 배우 하정우가 표지 모델을 위해 재능을 기부한 것으로 유명하다.

　이제는 이름만 들어도 누구나 알고 있으며 보도 사진 부문에서 가장 권위 있는 상으로 유명한 '퓰리처상'을 만든 조지프 퓰리처! 그도 한때는 노숙자였다.

04

없는 놈을 더 쥐어짠다

얼마 전 TV를 보다가 신용도에 따라 대출의 한도와 이율이 얼마인지 실험하는 방송을 보았다. 어쩔 수 없이 우리 가정도 목돈이 필요하면 대출을 해서 써야 하는 형편이기 때문에 관심을 가지고 지켜보았다. 실험자는 3명이었는데 신용 등급이 1등급인 사람과 보통의 사람들이 유지하는 7등급, 그리고 신용불량자 이렇게 세 명이었다. 먼저 1등급인 사람은 1금융권에서 아주 손쉽게 연 5% 내외의 대출이 가능했다. 하지만 7등급의 신용도를 가진 사람은 1금융권에서 대출을 거절당했으며 2금융권에서는 대출이 가능했다 하지만 이율이 연 39%로써 법이 허용하는 최대한의 이율로 책정되었으며 대출 가능 금액도 얼마 되지 않았다. 마지막으로 신용불량인 상태의 실험자는 당연히 1, 2금융권 모두에서 거절당했으며 마지막으로 대출이 가능한 곳은 사채시장이었다. 놀랍게도 이율은 200%가 넘었으며 그나마도 300만 원밖에 대출이 되지 않는다는 답변을 들었다.

월급을 받거나 소규모 자영업을 영위하는 사람들은 저축하기가 어려운 경우가 대부분이며 신용카드를 사용한 후 이를 상환하는 일도 버겁다. 은행은 예치금액이 많은 사람들이나 신용카드 소비금액이 많은 사람들에게는 대출이 관대하며 그렇지 못한 사람들에게는 가혹하리만큼 불리한 조건을 제시한다. 그런데 은행에 돈을 쌓아 놓고 있거나 많은 액수의 신용카드 소비액을 손쉽게 결제할 수 있는 사람이 과연 대출할 필요가 있을까? 결국, 은행은 대출이 긴급하게 또는 반드시 필요한 서민들을 상대로 지독한 스크루지 노릇을 하고 있는 것이다. 나는 TV를 보면서 이자를 그렇게 많이 받음에도 불구하고 신용불량 상태의 실험자에게 돈을 빌려주는 사채사무실이 고마울 지경이었다.

은행의 이러한 행태는 한국사회의 빈익빈 부익부 현상을 더욱 가속화시키며 양극화를 고착시키는 기제로 작용할 것이 틀림없다. 은행은 서민의 약점을 잡고 쥐어짜고 있는데 우리 사회 시스템은 이를 규제할 아무런 방법이 없다. 결국, 정부의 관심과 노력이 반드시 개입되어야 그나마 해결 방안을 도출할 수 있다. 현재 시행하고 있는 연이율 39%의 이자 상한선을 대폭 낮추고 서민들에게 담보가 없어도 대출이 필요한 사람에게는 대출이 가능하도록 은행권에 대한 관리·감독이 시행되어야 한다. 더 징그러운 은행의 행태는 대출금의 연체가 발생하는 순간 더 엄청난 이자 폭탄을 안긴다는 점이다. 오죽하면 대출금을 연체하겠는가? 대출금에 대한 이자의 상환에도 허덕이는 상태에서 복리의 이자로 계산되어 청구되는 연체 이자는 결국 사람을 자살하게 하기도 한다. 돈이 없어 힘든 사람들을 더 쥐어짜고 지쳐서 죽을 만큼 힘들게 만들면서도 영업이익에만 목을 매는 은행들을 어찌해야 할까?

재산이 없고 그렇다고 특별한 재능도 없는 서민이 할 수 있는 일은 정해져 있다. 아마도 소규모의 자영업이 그러한 범주에 들 것이다. 현재 시행되고 있는 사회은행식의 시스템을 모든 은행에 적용하는 방안도 고민해 보아야 한다. 누구든 힘들게 고통받으며 살고 싶어서 태어난 사람은 없다. 하지만 자본주의 시스템은 사람을 너무 지치게 한다. 더군다나 기이하게 이식된 천민자본주의 시스템 하의 대한민국은 오죽하겠는가? 같이 공생하지 않으면 언젠가는 모두 망한다.

05

육아비와 교육비가
비싸도 너무 비싸다

내가 중학교 때 사회 선생님께서는 우리가 성인이 되었을 무렵에는 결혼해서 맞벌이하지 않으면 살기 힘든 사회가 될 것이라고 했었다. 그 당시만 해도 맞벌이에 대한 개념이 흔하지 않았던 때였고 가족에 대한 부양은 당연히 아버지의 몫이라고 여겨지고 있었다. 불행하게도(?) 그 선생님의 예언은 적중했다.

한국사회는 정확하게 일본사회의 전철을 밟고 있다. 그 당시 맞벌이를 당연하게 생각하는 일본의 상황이 한국에 적용될 것이라는 사실은 불 보듯 뻔했다. 2013년 한국사회는 본격적인 사교육 시장에 진입하기 시작하는 초등학교 과정 전부터 치열한 육아전쟁을 치르고 있다. 집안 큰형님의 딸아이는 초등학교 교사다. 남편은 공무원인데 다른 집과 마찬가지로 맞벌이를 하고 있다. 문제는 교사라는 직업의 특성이 아이들을 가르치는 일뿐만 아니라 퇴근 후에도 정리해야 할 잡무가 많다는 것이다. 조카의 두 아이는 유치원에 다니는데 다른 아이들이 모두 집에 돌아가고 난 이후에도 유치원에 남아서 제 엄마를 기다리는 날이 많다는 것이다. 일주일에 며칠은 유치원에서 나머지 며칠은 다른 학원을 전전하고 있다. 그렇다고 별도의 돈을 들여 아이들을 돌보는 아주머니를 구할 수도 없는 노릇이다. 아주머니에게 지급되는 비용이 둘이 버는 돈에 비해 과하게 지출되기 때문이다. 결국, 조카 녀석이 택할 수 있는 방법은 몇 가지 되지 않는다. 첫 번째, 힘들고 지치면 울고불고한다. 두 번째, 일정을 조정하여 주말만이라도 우리 집에 와서 아이들을 맡기고 편히 쉰다. 세 번째, 고향의 친정에 아이들을 가끔 맡긴다. 네 번째, 아파트나 유치원에서 만난 아이의 집에 가끔 맡긴다. 조카 녀석이 할 수 있는 방법은 이 정도가 아닐까 싶다. 문제는 두 꼬맹이가 초등학교 진학을 하면 학원비가 지금에 비할 수 없을 정도로 많아질 것이라는 점이다. 남편이 공무원이고 본인의 직업이 교사라면 한국사회의 중산층에 편입되어 있다고 보아도 무방하다. 그러나 아이들이 초등학교에 진학하기 전임에도 불구하고 아이들의 이러저러한 교육비 문제로 심각한 고민을 하고 있다.

이런 고민의 원인을 제대로 알려면 1인당 월평균 사교육비를 살펴봐야 한다. 실제로 전체 사교육비 규모는 2007년 20조 원에서 지난해 19조 원으로 줄었지만 같은 기간 1인당 월평균 사교육비는 오히려 1만 8,000원 늘었다(뉴시스, 2013.2.6). 이는 사교육비 전체 시장의 규모이며 교육부로부터 모 국회의원이 제출받은 자료(2013.10)에 따르면 초·중·고등학교 1인당 연평균 사교육비는 초등 283만 2천 원, 중학교 331만 2천 원, 고등학교 268만 8천 원인 것으로 조사됐다. 그러나 이는 말 그대로 평균 교육비일 뿐이다. 강남을 비롯한 부유층이 살고 있는 서울의 몇몇 구와 분당, 일산을 비롯하여 지방의 부유층이 지출하는 사교육비는 월 몇백만 원을 넘는다. 교육부에서 발표한 자료는 말 그대로 평균일 뿐이다.

초등학교에서는 사교육의 폐해를 줄이고자 방과 후 교실을 개설하여 약간의 효과를 보고 있다고 한다. 하지만 근본적인 교육 시스템의 개혁 없이는 단순한 미봉책일 뿐이다. 차라리 초등학교 과정에서만이라도 시험을 완전히 폐지해도 괜찮을 듯싶다. 사실 우리나라는 교육열이 높을 뿐이지 교육의 질이 높은 것은 아니지 않은가.

내 아들 녀석은 초등학교 때 학원에 다니지 않았다. 학교 수업을 마치면 운동장에서 실컷 공을 차라며 축구화와 축구공을 사줬었다. 사교육비도 너무 비쌀 뿐만 아니라 초등학교 아이는 신 나게 뛰어놀아야 한다는 내 교육철학 때문이었다. 어느 날 아들 녀석이 공을 들고 터덜터덜 집으로 돌아와 하는 말에 가슴이 아팠다.

"아빠, 친구들하고 공 차고 싶었는데 조금 차다가 다 학원 가야 한다고 갔어……."

내 아이처럼 더 뛰어놀고 싶지만 그렇지 못한 아이들을 위해 부모들이 육아공동체를 만들어 아이들을 보육하는 그룹이 생겨나고 있는 것은 참 바람직하다. 아이들을 위해 선생님을 모시는 대신 부모들이 교대로 아이들을 교육하고 돌보는 교육공동체는 교육비가 저렴할 뿐만 아니라 지자체에서 지원금을 받을 수 있기 때문에 이러한 시스템의 확장이 필요하다는 생각이다. 서울시의 경우 2013년 마을 주민이 함께 아이를 키우고 돌보는 육아공동체 26곳을 선정해 총 4억 5천9백만 원을 지원한다고 한다.

지방에서도 이러한 육아공동체를 설립하고 지자체로부터 교육시스템 지원과 자금을 지원받는 이러한 사업을 활발하게 펼칠 필요가 있다. 내 아이를 나와 이웃이 함께 훈육하는 것만큼 안전하고 저렴한 방법은 없기 때문이다.

　　힘든 육아와 비싼 사교육과의 전쟁을 치르는 이 땅의 부모님들! 아파트의 부녀회를 통하든 종교 시설을 통하든 공동체를 조직해서 필요한 것을 지자체에 당당히 요구해서 시민의 권리를 행사하십시오!

06

국방의 의무(?)

나는 가족들이 모이는 자리에서 군대 이야기는 되도록 피하려고 노력한다. 우리의 머릿속에 깊이 각인된 군대에 관한 명제가 내 생각과는 잘 맞지 않기 때문이다. 예를 들면, '남자라면 당연히 군대를 다녀와야 한다', '군대를 갔다 와야 사람이 된다', '군 복무는 국민의 당연한 의무이다'와 같은 말이다.

나는 본질적으로 국방의 의무를 회피해야 한다고 선동하거나 주장하지는 않는다. 하지만 국가의 일방적 권력에 개인이 무조건 복종하고 희생당해서는 안 된다고 생각한다. 이런 일을 방지하기 위해 국방의 의무를 다양하게 수행할 수 있는 '대체복무제'를 정치권에서 매번 시도하지만, 국민 대다수의 정서와 반하고 국민을 표로 계산하는 국회의원들은 이 같은 법안의 상정에 조심스러워 한다.

영토를 기반으로 존재하는 현대국가가 영토의 수호를 위해 국방을 소홀히 할 수는 없다. 더군다나 같은 민족임에도 불구하고 휴전선을 사이에 두고 북한과 대치하고 있는 우리의 상황에서 국방은 중대한 사안임이 틀림없다. 그러나 그렇다고 해서 국민 개인의 자유와 선택을 제한해서는 안 된다고 생각한다. 입대를 앞둔 젊은이 중에는 군대 문화에 적응을 잘하는 사람도 있을 것이고 그렇지 못한 젊은이도 있을 것이다. 강제적으로 이들을 획일화시키는 것보다는 각각의 적성에 맞는 다양한 대체 복무제를 시행해야 한다. 나는 보훈대상자임에도 불구하고 군대를 다녀왔다. 내가 입대를 할 당시에 보훈대상자는 6개월 방위를 마침으로써 군 복무를 대신했었다. 그러나 나는 고집을 피워 현역에 입대했다. 개인적으로 군대문화를 접해보고 싶은 호기심과 일정 시간 사회로부터 스스로 격리되고 싶었기 때문에 선택한 방법일 뿐이었다. 그러나 복무기간을 다 채우지는 못하고 보훈대상자로서 의가사 제대 명령을 받았다. 나처럼 가지 말라는 군대에 억지로 가는 사람도 있을 것이고 죽어도 군대 가기 싫은 사람도 있을 것이다.

대한민국은 양심적 병역거부자로 불리는 멀쩡한 젊은이들을 전과자로 만들고 경우에 따라서는 고국을 떠나 다른 나라로 가서 난민신청을 하게 만드는 안타까운 상황을 만들고 있다. '예다'라는 이름의 젊은이는 프랑스로 가서 난민신청을 했고 받아들여져 프랑스에서 살기로 했다고 한다. 그는 죽어도 총을 들고 사람을 죽이는 훈련을 받을 수 없기에 어쩔 수 없이 난민신청을 선택해야 했다고 한다. 부모님과의 이별이 고통스럽고 대한민국에는 다시 돌아올 수 없다는 사실을 알면서도 선택할 수밖에 없을 정도로 절박했다고 한다.

종교적 신념으로 징집을 거부하는 '여호와의 증인'도 있다. 한국사회에서는 이단 종교로 치부되는 이들도 종교적 신념 때문에 감옥행을 선택하고 자연스럽게 전파자가 되는 사람들이다. 나는 개인적으로 이들의 종교를 잘 알지도 못하고 집에서 쉬고 있을 때 초인종을 누르며 방문하는 상황도 귀찮다. 그런데 한홍구 선생이 일제 강점기 상황에 대해 쓴 내용을 보면 흥미로운 대목이 있다. 일제 강점기 때 일본이 태평양전쟁을 빌미로 한반도에서 대규모로 무차별적인 강제 징집을 시행할 때도 여호와의 증인들은 종교적 신념으로 강제징집에 응하지 않았고 국민들은 그런 그들을 애국자로 칭송했다는 점이다. 애국도 시대에 따라 변하는 법인가 보다.

현대사회의 변화 속도는 그야말로 눈부시다. 옛날 007시리즈에나 나오던 손목시계, 휴대폰이 출시되고 초등학교 꼬맹이들도 스마트폰으로 엄마와 통화한다. 고무신을 구부려 모래 위에서 장난감 자동차 대용으로 가지고 놀던 우리와는 삶의 행태가 완전히 다른 것이다. 문화와 기술의 발전 속도에 적응하고 살아가는 젊은 세대의 다양성을 기성세대는 전혀 이해하지 못할 수도 있다. 젊은이들은 더욱 창의적이고 자유롭고 열정적이며 다양한 인생을 갈구하는데 한번 만들어진 법은 참으로 고치기 어렵다. 이를 전형적인 '제도지체 현상'이라고 할 수 있다.

국가를 영위하기 위해서는 총을 들고 국경을 지키는 병사도 필요하지만, 이들과 유기적으로 연관된 다양한 일들이 있다. 이러한 일들을 찾아내고 또는 만들어서라도 대체복무제를 법제화함으로써 우리의 아까운 청춘들이 외국으로 망명하거나 전과자로 낙인찍히는 불행한 사태는 이제 멈춰야 한다. 그렇지 않아도 힘들고 지친 청춘들에게 다른 방식으로 국가에 이바지할 수 있도록 길을 열어 주어야 한다. 일자리도 없고 돈도 없는 청춘들에게 병역의 문제까지 겹치기 고민을 주는 것은 국가가 할 일이 아니다.

우리 모두 대한민국에 태어나고 싶어서 태어난 것은 아니다. 이 땅에서 출생했으니 무조건 복종해야 하고 그렇지 않으면 사회적으로 매장시키는 국가의 행태는 무차별적인 폭력이며 이러한 행태는 마땅히 '이성적 단두대'를 통해 사라져야 한다.

빨갱이? 종북!

한국사회는 괄목할 만한 경제성장만큼이나 민주주의도 발전하고 있다(?). 그러나 아직까지 우리 사회에서 금기시되고 있는 말이 있는데 그것은 '빨갱이'라는 말이다. 남과 북이 대치하고 있는 상황에서 빨갱이로 낙인찍히는 순간 그 사람이나 집단은 대역죄인이 된다.

원래 빨갱이란 말은 파르티잔(partisan)이라는 말에서 유래되었는데 유고슬라비아에서 독일군에 맞서 주로 산악지역에서 전투를 수행했던 게릴라부대를 일컫는 말이었다. 파르티잔이라는 용어는 6·25전쟁 때 남한에서 활동하던 북한의 게릴라부대 '빨치산'의 원형이었고 이후 공산주의자를 일컫는 대명사로 빨갱이가 탄생되었다. 어떤 사람은 6·25전쟁 당시 북한군이 애용했던 색깔이 빨간색이었기 때문에 빨갱이라는 용어가 만들어졌다고도 한다.

6·25전쟁은 한반도를 초토화하면서 1953년에 휴전되었는데 올

해로써 60년이 넘었다. 그러나 아직까지 빨갱이는 북한을 추종하는 사람, 또는 집단으로 묘사되고 있다. 특히 6·25전쟁을 직접 경험한 세대는 이 용어에 대한 반감이 히스테리컬할 정도이다. 그런데 문제는 한국의 수구 세력이 이 용어를 자기들의 의사와 반하는 세력이나 개인을 제거하거나 모함하기 위해 애용한다는 점이다.

우리가 매일 사용하는 언어는 특별한 점이 많이 있다. 인지언어학자인 조지 레이코프의 프레임이론*에 의하면 어떤 단어는 사람의 두뇌에서 그 단어와 관계된 프레임을 작동하게 하는데 이는 개인의 의사결정에 중요한 역할을 한다고 한다. 다시 말해 빨갱이라는 단어는 6·25전쟁을 생각하게 하고 다시 남한에서 활동하던 북한군 게릴라를 떠올리며 이와 연관된 모든 개념, 예를 들면 김일성, 김정일, 전쟁, 폐허, 남북의 대치상황을 연상시킴으로써 빨갱이는 '나쁜, 쳐죽일, 무조건 아닌'의 개념으로 정리되는 것이다.

예를 들어보자. 가령 신문에서 미국 할리우드에서 유명한 유부남 배우의 외도를 표현할 때 'ㅇㅇㅇ, 다시 새로운 사랑 찾다'라고 표현하는 것과 'ㅇㅇㅇ, 또 불륜질'이라는 표현은 독자들이 받아들이기에 전혀 다른 느낌을 준다. 이는 사랑이라는 단어가 가지고 있는 관념과 불륜이라는 단어가 가지고 있는 각각의 고유한 관념의 차이에서 오는 것이다. 이처럼 어떤 단어를 취사선택해서 적용하느냐에 따라

---

* 레이코프(Lakoff)는 그의 저서 『코끼리는 생각하지마』에서 "정치적 논쟁이나 토론에서 일단 프레임이 정해지면 논쟁은 그 프레임 안에서 진행될 수밖에 없다. 더욱이 그 프레임을 규정한 담론 생산집단은 우선 담론 경쟁에서 우월적 지위를 유지할 수밖에 없고, 그것을 방어하려는 집단은 상대적으로 불리한 게임을 할 수밖에 없다"고 지적했다. '프레임(Frame)'은 어떤 상황을 이해하고 그에 의미를 부여하는 해석적 틀이며 인간생활의 모든 측면에서 작용한다. 레이코프는 이를 사고의 양식이자 행동의 양식이라고 정의한다. 이러한 프레임의 생산자이자 유통자는 언론이며 대중들은 언론을 통해 세상의 정보를 취득한다. 따라서 언론의 프레임은 사람들의 판단과 여론형성, 나아가 정치적 의사 결정에 영향을 미치는 핵심요인이다.

전혀 다른 이미지로 각인되는데 이것이 프레임이다.

문제는 한국의 수구 언론이나 수구 정치권에서 이를 너무나도 적절히 이용하고 있고 대중은 무의식적으로 이를 여과 없이 수용하고 있다는 점이다. 그들은 우리가 경험했거나 교육을 통해 강제로 습득한 내용들을 잠재의식으로부터 끄집어내면서 사회를 분열시키고 있다. 예컨대 우리 세대는 어릴 때부터 북한의 군인이나 김일성은 늑대처럼 생긴 것으로 교육받았다. 만화영화의 똘이 장군이 주먹으로 내리쳐 물리치는 북한군의 모습은 늘 늑대의 얼굴을 하고 있었다. 이러한 맥락에서 진보적 정치인이나 단체를 '종북'으로 규정하고 언론에 회자되면 대중들은 그들을 늑대나 추종하는 적대적 부류로 치부해 버린다. 왜 우리 사회를 적대적 파국으로 몰아가는지 이해할 수가 없으며 양자의 대립에서 오는 모두의 지침 현상은 우리 모두를 맹목적 좀비처럼 만들어 버렸다.

물론 내가 확인할 수는 없지만 어떤 집단이나 사람은 북한이 주장하는 사상에 경도되어 있을 수도 있다. 그러나 수구 정치인이나 수구 언론이 정적을 제거하기 위해 사상이 건강한 진보 정치인이나 학자를 음해하는 행동은 당장 집어치워야 한다.

우리에게 남은 것은 무엇인가

해마다 명절이 되면 귀향하는 사람들로 고속도로는 주차장이 되고 기차와 버스표를 예매하기 위한 전쟁을 치른다. 그만큼 고향을 떠나온 사람이 많으며 시골에서 좀 똑똑하다 소리를 듣는 학생들은 모두 서울과 경기도로 몰렸었다. 그러다 보니 명절을 앞둔 시점이면 귀성을 하기 위한 열차나 버스표를 예매하기 위해 난리를 한바탕 치르게 된다. 그러나 이러한 귀향 전쟁은 오래전에 시작된 현상이 아니다. 1970년대를 지나면서 대한민국은 본격적인 산업화 정책을 시행하게 되는데 이때부터 본격적인 이촌향도(離村向都) 현상이 나타났다.

1964년 '수출산업단지 개발조성법'이 제정되면서 1965년 구로에 수출 1공단이 조성되고 1976년에는 3공단이 준공되었다. 농촌의 젊은이들은 서울로 몰려들었고 이 당시에는 각 회사에서 농촌의 젊은

이들을 회사로 입사시키는 담당자가 별도로 있을 정도였다. 공식적인 통계에 의하면 1970년대 후반에는 이 지역의 노동자가 11만 명이 넘었다고 한다. 구로공단의 '공돌이', '공순이'로 불리던 산업일꾼들은 압축적 근대화의 주연이자 희생자였다.

문제는 이와 같은 정부 주도의 압축적 근대화 과정에서 생활 수준은 높아졌지만 반대로 심각한 부작용도 나타났다는 사실이다. 농촌 공동체가 무너지고 고향을 떠나 도시에서 살아가게 된 사람들은 더 이상 타인을 위한 배려와 공동체에서의 암묵적 규율이었던 어른에 대한 공경이나 아랫사람에 대한 사랑과 같은 정서를 잃어버리고 말았다.

작은 시골 마을은 옆집 부엌에 수저가 몇 개 있는지, 자식들은 무슨 일을 하는지, 통장에 예금은 얼마나 있는지 웬만하면 서로 다 알고 지낸다. 한 집 건너 친척이고 두 집 건너면 친지 관계다. 이웃에게 폐를 끼치는 사람은 암묵적인 제재를 받게 되고 행실에 대한 소문은 바람보다 빠르다. 이런 환경은 이웃을 배려하고 윗사람, 아랫사람의 도리를 자연스럽게 체득하게 한다. 그러나 도시인의 관계는 전혀 이렇지 않다. 서로 간에 아무런 사회적 관계가 없거나 이해관계만이 도시를 지배하면서 정서적 영양 결핍 상태가 되었다. 특히나 우리나라의 자본주의는 기이하게 이식됨으로써 서구적 합리성과는 괴리된 천박한 자본주의로 자리 잡았다. 사실 자본주의 체제나 합리성, 관료제는 서구적 합리성이 가진 고유한 개념들이다. 이러한 개념들이 한국의 전통적 관념들과는 괴리된 상태로 우리에게 흡수되어 버렸다.

우리의 전통 공동체에 자리 잡고 있던 '공동체 정신' 또는 '공존'의

가치는 우리 사회의 중요한 덕목이고 천민자본주의를 대체할 수 있는 무엇인가를 만들어 낼 수 있는 토대이다. 결국, 우리 사회의 문제들에 대한 해답은 인간학적 관점에서 해결해야 한다. 전통공동체의 유교적 관행은 서로 간의 관계가 도덕적이고 윤리적이다. 이를 자본주의 시스템과 잘 결합한다면 아마도 '유교적 자본주의' 같은 한국적 자본주의의 원형을 만들어 볼 수 있지 않을까 싶다. 이는 학술적이면서도 실천적인 작업으로써 반드시 필요하다고 생각하지만, 너무 거대하고 긴 시간을 요하는 일이기 때문에 제안을 하는 나로서도 무슨 의미가 있을까 싶다. 하지만 작은 단위로부터 시작할 수 있는 '도덕적 공동체' 또는 곳곳에서 활발히 창립되는 '조합'이 혹시 새로운 시장경제의 초석이 될 수 있으리라는 기대를 가지고 있다. 이처럼 깨어서 행동하는 사람들로 인해 우리 사회는 공동체적 기반이 확충된 미래를 보장할 수 있으리라 믿는다.

각박한 우리 사회를 따뜻한 사회로 경로를 바꿀 수 있는 행동은 빨리 시작할수록 우리 모두를 행복하게 만들 수 있는 지름길이다. 이를 소홀히 한다면 미래의 우리 사회에 남아 있을 만한 인간미 넘치는 정서는 없을 것이며 돈에 울고 돈에 웃는 비정상적 관계만이 오롯이 남을지도 모른다.

이게 나라냐?

나는 초등학교 시절 정규 수업을 마치면 운동장에서 친구들과 공을 차고 신 나게 놀았다. 2014년을 살고 있는 우리 아이들에게는 혹시 낯선 이야기일지도 모르지만······.

해가 서산에 걸릴 시간이 되면 우리는 하나둘 집으로 발길을 돌리는데 그 시간쯤이면 어김없이 국기하강식이 시작되었다. 동절기에는 5시, 하절기에는 6시에 거행되는 국기하강식이 애국가와 함께 시작되면 길 가던 모든 사람이 가던 걸음을 멈추고 태극기가 하강되는 방향을 향해 서서 오른손을 왼쪽 가슴에 대고 경건한(?) 마음으로 경례를 했다. 그 당시에는 당연히 그래야 하는 것으로 알았고 애국가가 온 거리에 울려 퍼지는 동안에는 우리나라에 대한 자랑스러움과 경건한 마음이 심장 안에서 요동치는 듯한 느낌도 들고 그랬다. 이러한 국기하강식은 1988년 아무런 설명 없이 폐지될 때까지 계속되었다.

나에게 그처럼 자랑스러웠던 '우리나라'에 대한 환상도 내가 대학에 진학하는 순간 여지없이 깨지고 말았다. 80년대 중반 학번인 나는 그 당시의 누구나 그랬듯이 데모를 밥 먹듯이 하며 보냈다. 지금은 훌륭한(?) 정치인이 된 사람들이 학생운동과 민주화운동을 이끌었다. 하지만 나같이 별 볼 일 없는 학생들은 누구를 지도하거나 이끌 만한 주제가 아님을 잘 알기에 앞에 나서지도 못했다. 다만 무엇이라도 하지 않으면 안 될 것 같았기 때문에 데모는 죽어라 참석했었다. 그렇게라도 하지 않으면 처절하리만큼 자신의 삶을 희생하는 다른 학우들에게 죄를 짓는 기분이 들었기 때문이다.

다행히도 1987년 민주화가 되었고 한국의 민주주의는 세계가 주목할 만큼 성장하였다. 민주화의 성장 속도는 유럽의 국가들이 100여 년을 투자한 것에 비해 극히 짧은 시간에 이루어지고 있었고 역시 대한민국이라는 자부심도 생겼다. 지금으로부터 불과 6년 전, 이명박 씨가 대통령이 되기까지는 그랬다.

생존권을 요구하는 재개발지역 세입자를 폭력적으로 진압함으로써 고귀한 인명이 목숨을 거두었던 용산사태를 유발시켰고 민간인에 대해 광범위한 사찰을 기도했다. 국정원의 광주·전남 대안학교 교직원 사찰, 해양 경찰청의 제주해군기지 반대활동가 감시 및 사찰, YTN 배석규 사장 및 노조원과 KBS 김인규 사장 및 노조원도 사찰했다. 이분들 중에 내가 가장 기억에 남는 분은 김종익 전 KB한마음 대표다. 김 대표는 2012년 대통령 선거를 마치고 식사 자리에서 만난 적이 있다. 김 대표에게 직접 들은 이야기는 2013년의 대한민국이 맞나 싶은 생각이 들 정도였다. 김 대표는 정부의 사찰에 의해

받은 정신적 쇼크와 운영하던 회사의 실질적 피해 때문에 더 이상 이 땅에서 살고 싶어 하지 않았으며 가슴속에 크게 응어리진 분노를 혼자 오롯이 삭히고 있었다. 이뿐만이 아니다. 국민의 대다수가 반대했던 4대강의 무분별한 개발은 '노가다 출신' 대통령의 진면목을 일견할 수 있었다. 그렇게 파헤쳐진 4대강의 아픈 신음은 아직도 진행형이다. 경제민주화는 더 형편없었다. 부자감세 유지로 세수를 줄였으며 민간소비성장률은 1%대로 역대 최저를 기록했다. 청년 취업자 수는 1997년 외환위기 당시보다 23%나 감소하였다. 또한, 2010년 지방선거 이후 무상급식, 무상보육 정책이 현실화되면서 학교급식비는 26.4%, 보육시설이용료는 13.8%가 급감하였다. 이와 같은 패악질을 전문으로 하던 이명박 정부는 무사히(?) 박근혜 정부에게 정권을 양도하였는데 지난 1년 동안의 박근혜 정부하의 우리는 또 못 볼꼴을 목도하고 있다. 국민과의 소통 방법을 전혀 인지하지 못하는 박근혜 정부의 일방통행은 세 가지를 잃어버리고 있다. 그것은 정책의 실종, 소통의 실종이며, 마지막으로 국민이 실종되고 말았다. 일반적으로 새로운 정부가 출범하는 초기 1년은 집권 5년 동안의 국정운영에 관한 전체적 플랜을 구상하고 실행하는 가장 중요한 초기 단계라고 할 수 있다. 그러나 1년 동안의 정쟁은 이 모든 것을 실종시켰고 아직도 국민과 야당의 목소리에는 귀를 닫고 있다. 이러한 태도는 분명히 국민적 저항을 불러올 것이 뻔하다. 불행하게도 2013년 12월의 마지막 날, 이남종 씨가 서울역 고가도로에서 '박근혜 대통령 사퇴', '국가정보원 사건 특검 실시'를 촉구하며 분신했다. 아직도 우리에게 마음의 빚으로 남아 있는 1980년대의 '분신열사'의 모습을 20년이 훌쩍 넘은 2014년에 목도하게 된 것이다. 정부로부터 통제된 언론과 경찰에서는 생활고 비관에 따른 보험 사기라는 얼토당토않은 발표를 했다.

성숙한 민주주의를 완성하기 위해 순항하던 대한민국호는 왜 이렇게 변했을까? 2014년 우리에게 시사하는 바가 크다.

청소년 범죄는
구조의 문제이다

우리 사회에서 빈번하게 발생하는 청소면 범죄는 분명히 문제다. 특히 무차별적으로 불특정 다수를 향해 발생하는 청소년 범죄는 감소하지 않고 있다.

(단위: 명)

구분 연도	전체 소년범	전년대비 증감률(%)	전체 범죄인원 중 점유비율(%)	소년형법범	소년특별법범
2004	72,770	-24.3	3.2	51,298	21,472
2005	67,478	-7.3	3.4	50,652	16,826
2006	69,211	2.6	3.7	50,846	18,365
2007	88,104	27.3	4.5	60,426	27,678
2008	134,992	53.2	5.5	79,766	55,226
2009	113,022	-16.3	4.5	81,378	31,644
2010	89,776	-20.6	4.6	70,045	19,731
2011	83,068	-7.5	4.4	66,240	16,828
2012	107,490	29.4	5.1	87,779	19,711

* 법무연수원 2013년 법무백서
* 전체 소년범 인원 및 전체 범죄인원 중 점유비율(2004~2012년)
주: 1. 대검찰청 범죄분석 2. '폭력행위 등 처벌에 관한 법률' 위반은 형법범에 포함.

앞의 통계표를 보면 청소년의 범죄는 2004년에서 2006년 사이에 잠시 감소하는 듯하더니 이후에는 지속적으로 증가해 2012년에는 그 수치가 크게 증가했다. 특히 강도, 강간, 방화 등 중범죄가 증가하고 있으며 살인 범죄도 감소하지 않고 있다. 왜 청소년 범죄는 감소하지 않는 걸까? 인터넷의 광범위한 보급으로 인해 모방범죄를 저지르는 아이들도 있을 것이고 가출을 감행함으로써 살기 위해 어쩔 수 없이 범죄를 저지르는 경우도 있을 것이다. 이 중에서도 가출한 청소년의 범죄는 더 심각하다. 남윤인순 민주당 의원이 경찰청·여성가족부 등으로부터 받은 자료에는 2012년 신고된 가출청소년(9~19세)이 2만 8,000명이다. 가출청소년은 2009년 2만 2,200여 명, 2010년 2만 8,100여 명, 2011년 2만 9,200여 명으로 증가했으며 2012년에만 2만 8,900여 명으로 2011년에 비해 약간 줄었을 뿐이다.

3만 명에 이르는 가출 청소년이 마땅한 직업 없이 살아남기 위해서는 범죄의 유혹을 뿌리치기 어려울 것이다. 남자 청소년들은 먹을거리와 잠자리를 구하기 위해 범죄를 저지르고 여자 청소년들은 남자 청소년과 범행을 모의하기도 한다. 그런데 특별히 문제가 되는 여성 청소년들은 경우에 따라서 범죄의 가해자가 되기도 하고 피해자가 되기도 한다. 경찰청 신고접수 현황에 따르면 2012년 가출 여자 청소년은 2만 8,996명으로 나타났는데 전체의 58%이며 2011년에는 60%, 2010년 60%를 나타내면서 남자 청소년보다 비율이 높은 것으로 나타났다.

여성가족부는 서울지방경찰청 광역단속수사팀과 긴밀한 협조체제를 구축하여 오던 중 송 모 씨(41세)가 가출청소년에게 성매매를 강요하고 갈취한다는 첩보를 입수하고 추적 끝에 현장을 급습하여 11월 26일(화) 밤 10시 30분경 검거하여 11월 29일(금) 구속영장이 발부되었다고 밝혔습니다(2013년 11월 4일 헤럴드 경제).

이러한 문제들은 과연 이들만의 문제인 것인가. 내 생각에, 가출하고 범죄를 저지르고 또 범죄의 피해자가 되는 아이들은 그들의 인성이 문제가 있거나 타고난 천성이 되먹지 못했기 때문은 아니다. 아이들의 약점을 이용하여 등쳐먹으려 하는 더러운 어른들이 더 되먹지 못한 탓이리라. 하지만 가정에서 그들을 제대로 보호하고 훈육하지 못했으며 사회의 어두운 구석으로 내몰리게 한 우리 사회와 어른들의 책임 회피가 더 크다고 본다. 물론 가출 청소년을 계도하고 보호하기 위한 시민단체들의 노력은 칭찬받아 마땅한 일이다. 그러나 그들만의 노력만으로 가출 청소년들이 사회와 어른들의 보호막을 제공받을 수는 없는 노릇이다. 때문에 아이들을 전문적으로 보호하고 교육하여 건강한 사회인으로 성장할 수 있는 전문기관의 설립이 더 많이 필요하다. 강제와 규율이 아닌 대화와 합의를 통해 아이들의 미래에 대한 고민을 진지하게 할 수 있는 그런 기관이 필요하다.

만약 우리가 길을 가다가 또는 지하철이나 동대문 쇼핑 상가의 계단에서 담배를 피우고 범죄를 모의하거나 범죄의 피해자가 될 가능성을 가진 청소년을 만나게 된다면 그냥 지나치지 말자. 모두들 없는 시간이지만 따뜻한 말 한마디라도 건네 보고, 지갑이 두툼한 날이면 지폐라도 몇 장 쥐여줘 보자. 이들을 위한 사회시스템이 정비되기 전에 우리가 할 수 있는 일은 이처럼 같잖은 일밖에 없다. 그러나 아무 일도 아닌 것 같은 이러한 작은 관심이 그들에게는 벼락같은 하늘의 축복일지도 모른다.

돈 버느라 애쓴다.
그런데 안타깝다

우리나라의 경제성장은 놀라울 만큼 엄청난 성공을 거두었다. 반면에 살기에는 더 팍팍한 세상살이가 되어버렸다. 그러다 보니 직업으로서의 돈벌이를 하는 생활인은 물론이고 청소년들까지 생업전선에 내몰리고 있는 것이 현실이다. 내가 고등학교를 졸업할 당시만해도 그 나이 또래가 할 수 있는 아르바이트는 별로 없었다. 지금은 흔한 패스트푸드점도 그때는 별로 없었기 때문에 공사현장에서 일당을 받고 일하거나 운이 좋으면 겨울에는 따뜻하고 여름에는 시원한 카페에서 일할 수 있었다. 그러나 요즘은 아르바이트할 수 있는 곳도 많아졌고 직종도 다양해졌다. 어떤 대학생들은 제약회사에서 신약개발을 위해 실험하는 임상시험의 '마루타' 일도 한다니 아르바이트를 할 수 있는 곳도 참으로 다양해졌다. 오죽하면 자기의 몸을 담보로 그런 일을 할까 싶겠지마는 임상실험 아르바이트는 일당이

다른 일에 비해 월등히 많아서 지원자가 몰린다고 한다.

청소년이 아르바이트하는 이유는 단순하다. 가정환경이 어려운 청소년들은 가정에 돈을 보태기 위해서 또는 자기 용돈은 스스로 벌어 쓰기 위해서 일을 할 것이다. 결국, 집이 가난하기 때문이다. 간혹 사회경험을 쌓기 위해 아르바이트를 한다는 청소년도 있는데 이는 다른 청소년이 보기에 배부른 소리다.

문제는 사회에 피치 못할 이유로 첫발을 내딛는 청소년들이 어른들의 부당한 처우에 희생자가 되고 있다는 점이다. 근로기준법에 의하면 18세 미만의 청소년에 대해서는 밤 10시부터 오전 6시까지 야간 노동을 금지하지만 이를 지키지 않는 업체가 상당수 있다는 것이다. 2014년 1월 초, 광주지역 시민사회단체로 구성된 청소년노동인권네트워크가 발표한 자료에 의하면 방학을 맞아 청소년들의 아르바이트가 늘었고 사업주는 법 규정을 어기며 야간 아르바이트를 강요하고 있다고 한다.

대학생을 포함한 청소년들이 하는 아르바이트는 편의점, PC방, 주유소, 식당의 서빙, 배달, 포장, 설거지 등 우리 사회의 가장 허드렛일이 대부분이다. 그러나 이들은 연장 근무, 임금 체불, 인격 모독, 최저임금 미달 등의 부당함을 당하고 있다. 2013년 1월부터 11월까지 고용노동부가 조사하여 발표한 바로는 청소년 근로사업장 2,800여 곳 중에서 84% 이상이 근로기준법을 위반했다고 한다. 이 정도면 가히 잔인한 착취라고 할 수밖에 없다. 2013년 '알바연대'가 SNS와 아르바이트생들의 제보를 통해 전국의 72개 점포를 조사한 바로는 60개 지점의 평균 시급은 4,900원으로 아르바이트생들은 평균 주 28시간 근무하고 월급으로 평균 59만 6,820원을 받는 것으로 나타났다. 2013년 최저임금이 4,860원임을 고려하면 근로기준법을 제대로 지킨 것처럼 보이지만 현행 근로기준법에 따라 사업장의 규모와 관계없이 주 15시간 이상 근무하는 모든 노동자가 주휴수당을 받을 권리가 있음에도 불구하고 이를 시행하는 사업장은 60개 지점 중무려 7개 사업장밖에 없는 것으로 나타났다. 근무 중 발생한 손해에 대해서도 조사 사업장의 35%가 아르바이트생에게 부담시키고 있다고 조사되었다.

말로는 한국사회의 미래를 짊어질 동냥이라고 미사여구를 들이대지만, 우리 어른들은 청소년과 청년을 혹독하게 착취하면서 비루한 삶을 살아가고 있는 것이다. 아르바이트생도 단기 노동자의 자격이 있으며 그들을 착취할 만한 아무런 근거도 없다. 단지 사회 경험이 없고 어리다는 이유로 그들을 착취하거나 멸시해서는 안 된다. 특히 여성 청소년들은 인격모독과 성희롱에 노출되는 빈도가 높게 나타나는데 청소년이 어른들에게 무엇을 배울지 심히 우려된다.

아르바이트하다가 이러한 일들을 당하면 가까운 어른들에게 바로 도움을 구해야 한다. 이 밖에 아르바이트하면서 부당한 대우를 겪게 될 때 알아두어야 할 몇 가지 팁이 있다. 첫째, 2012년부터 근로계약서 작성이 의무화됐으며 작성하지 않을 경우 사업주는 최대 벌금 500만 원이 부과되므로 반드시 근로계약서 작성을 요구하라. 근로계약서에는 휴게와 임금, 근무일, 휴무일까지 명시하게 되어 있다. 이를 지키지 않으면 현행법 위반이다. 둘째, 2014년 최저임금은 5,210원이다. 이 금액보다 낮은 시급은 근로기준법 위반이기 때문에 일을 그만둔 후라도 민원을 제기해서 받아야 한다. 그러나 근로계약서 작성 시 최저 시급보다 낮게 책정하면 반드시 이야기해서 바로잡는 것이 낫다. 고용주가 이를 어기면 고용노동부 홈페이지에 들어가서 온라인으로 민원을 접수하라. 셋째, 부모님이나 선생님에게 하지 못할 상담이 있다면 청소년 대표전화번호(1644-3119)로 전화해서 도움을 구하라.

아르바이트도 노동이며 아르바이트생도 노동자다. 사회가 주는 부당함을 더 이상 감수하지 말고 적극적으로 대처해야 어른들이 정신을 차린다.

자살

2013년 10월 정부의 발표는 오랜만에 듣는 희소식이었다. 6년 만에 한국의 자살률이 감소했는데 2012년에 비해 10만 명당 28명으로 전년도 대비 11% 하락했다는 소식이었다. 2011년 인구 10만 명당 33.3명에 비하면 많이 낮아진 수치이긴 하지만 그 당시 OECD 평균 자살 수치는 10만 명당 12.4명이었다. 이는 하루에 40명 이상이 자살하고 있으며 부끄럽게도 우리나라는 OECD 국가 중에서 최고의 자살률을 기록하고 있는 나라인 것이다.

그런데 문제는 이러한 자살의 경향을 잘못 생각하면 개인의 문제로 치부하고 마는 경우가 있다는 점이다. 이처럼 잘못된 인식을 바로잡기 위해 자살에 관한 연구는 오래전부터 학자들의 주요 연구 대상 중 하나였다. 자살에 관한 가장 고전은 에밀 뒤르켐의 『자살론』*이다. 이 유명한 저서에서 뒤르켐은 자살을 이기적·이타적·아노미적·숙명적 자살로 유형화하면서 '자살 경향은 사회적 원인 때문이라고 할 수밖에 없으며, 그 자체가 집단적 현상'이라며 자살은 사회적으로만 설명될 수 있다고 주장하고 있다. 어쩔 수 없이 사회에서 살아갈 수밖에 없는 인간은 자신의 생명에 대한 종결과 유지에 관한 한 사회의 영향을 받을 수밖에 없을 것이다. 뒤르켐은 자살의 원인이 개인의 문제라는 기존의 논의를 극복하기 위해 다양한 통계 자료를 이용하였다. 자살의 원인은 사람들이 생각했던 것처럼 정신병이나 신경쇠약증 따위와는 확정적인 관계가 없으며, 따라서 자살은 엄연히 사회 현상이며 자살의 원인 역시 사회적이라는 것이다. 아울러 유전적 요소, 개인의 체질, 밤낮의 길이, 계절에 따른 온도의 영향 등 다양한 신체적·물질적 조건들도 자살 현상을 설명하기에는 비논리적이라는 사실을 밝혀냈다. 그러므로 자살을 고민하는 사람은 본능적으로 자신이 가진 인적 네트워크의 누군가에게 자살을 암시하는 위험신호를 보내게 된다고 한다. 사실 이 신호는 자살을 고민하는 사람이 자신의 자살을 누군가에게 알리겠다는 의도라기보다는 자신의 자살을 막아 달라는 간절한 목소리다. 이 목소리를 주변의

---

* 뒤르켐은 자살의 유형을 사회통합도에 따라 '이기적 자살'과 '이타적 자살'로 구분하였고, 사회적 규제에 따라 '아노미적 자살'과 '숙명적 자살'로 구분하였다.
　먼저 '이기적 자살'은 개인이 사회에 결합하는 양식(樣式)에서 과도하게 개인화 양상을 보이는 경우에 발생한다. 다시 말해 개인과 사회의 결합력이 약할 때 발생하는 자살의 유형이다. 예를 들어, 일상적인 현실과 타협하거나 잘 적응하지 못하는 사람들의 자살이 이 경우이다.
　'이타적 자살'은 이기적 자살과는 반대로 과도한 집단화 경향을 보일 경우에 발생한다. 사회적 의무감이 지나치게 강한 사람에게 나타나는 유형으로써 제2차 세계대전 당시 비행기를 조종하여 미군 군함을 향해 돌진했던 일본군 자살특공대(가미카제)의 경우가 해당한다.
　'아노미적 자살'은 사회정세의 변화나 사회환경의 차이, 또는 도덕적 통제가 결여되었을 경우에 발생한다. 여기서 아노미(anomie)란 '행위를 규제하는 사회 공통의 가치나 도덕적 규범이 상실된 혼돈 상태'를 뜻하는 개념이다. 이와 같은 자살 유형은 지금까지 당연하게 여겨지던 가치관이나 사회 규범이 혼란 상태에 빠졌을 때 자주 일어난다.
　'숙명적 자살'은 사회가 개인에게 강하게 욕망을 규제하거나 억압할 때 발생하는 자살의 유형으로써, 심한 절망감 속에서 자살을 선택하는데 노예의 자살이 대표적인 경우라고 할 수 있다.

사람들이 제대로 해석하지 못하면 불행한 사태가 발생한다.

자살의 징후는 우리가 조금만 관심을 가지면 충분히 알아차릴 수 있다고 한다. 전문가들에 의하면 우울증을 가진 사람들이 가장 많은 자살을 시도한다고 한다. '응급실을 내원한 자살 기도자의 자살 기도 원인 및 유발요인에 관한 연구'에 따르면 자살 기도자의 84%가 우울증과 같은 정신과적 문제를 가지고 있다고 한다. 그러나 이 밖에도 몇 가지 징후가 더 있는데 일상적인 생활의 균형이 깨지거나 죽고 싶다는 말을 자주 하는 경우가 그런 경우라고 한다. 자살은 다른 사람의 이야기가 아니라 내 주변에서 언제든지 발생할 수 있는 불행한 사건이다. 주변의 친구나 가족 중의 누군가가 정신적인 질병을 가지고 있거나 평소와 다른 행동을 보인다면 더 주의 깊게 살펴보고 관심을 가져야 한다. 현대인은 과거에 비해 먹고살기가 한결 수월하고 경제적 여유가 생긴 반면 각박하고 치열한 삶을 견디는 데 자신의 에너지를 소모하며 에너지가 고갈되면 한 번쯤은 자살을 고민하게 된다. 어쩌면 이는 당연한 현상일지도 모르며 서로 위로하고 격려해주지 않으면 험한 세상을 살아가기가 너무 힘들다.

이 글을 읽는 누군가도 한 번쯤은 자살을 고민해본 적이 있을 것이다. 나 역시도 삶이 너무 버겁다고 느낄 때, 돈의 노예가 되어 버린 나 자신과 다른 사람들을 볼 때, 몸이 너무 아파 고통스러울 때, 나와 내 아이들의 미래가 암담할 때, 꼴 보기 싫은 사람을 내 마음대로 어찌하지 못할 때, 누가 보아도 분명히 잘못된 일인데 뻔뻔하게 잘한 일이라고 우기는 사람을 볼 때 자살 충동을 느낀다.

나는 실제로 15년 전쯤 자살을 시도했었다. 세상에 대한 미련과 희망이 전혀 없기에 소주 두 병을 마시고 아파트 옥상으로 올라가면서 생각났던 두 사람에게 전화를 걸어 나의 마지막을 알렸다. 14층에서 15층으로 올라가는 계단의 창틀에 올라앉아 아래를 보니 술에 취한 상태여서 그런지 몰라도 1층 바닥이 그렇게 가깝게 보일 수가 없었다. 그날, 결과적으로 나는 자살에 실패했다. 내가 전화를 했던 두 명 중 한 명이 경비실로 전화를 걸었고 결정적인 순간에 경비 아저씨가 나를 계단 복도로 잡아챘기 때문이었다. 그 후로 시간이 한참이나 흐른 어느 시기에 문득 이런 생각이 들었다. 만약 그때 자살이 성공해서 잘 자라줘서 나를 행복하게 해 주는 우리 아이들의 모습을 보지 못했다면 얼마나 억울했을까, 힘든 시기를 지나 새롭게 만나게 되는 좋은 사람들과의 술자리에서 그들과 보내는 즐거운 내 모습을 발견할 때도 살아 있기를 잘했다는 생각을 한다. 나는 자살을 시도한 적이 있었고 운이 좋아서 다시 살았다. 그로부터 몇 년이 지난 후에 지인들과 여행을 떠난 적이 있었다. 그곳에서 보았던 아름다운 경치는 말할 것도 없고 나와 비슷한 고민을 하는 사람들을 만나 속 깊은 토론을 하며 내가 살아 있음에 감사했던 기억이 있다.

며칠 전 뉴스를 보니 주식에 실패한 부부가 14살 된 아이를 죽이고 자신들도 자살을 시도하려다 미수에 그친 사건이 있었다. 이러한 행동은 격하게 표현하면 '나이를 똥구멍으로 처먹은 인간들'이나 할 짓이라는 생각이 든다. 자기 자식이라 할지라도 부모가 생명을 거두어 갈 자격은 없으며 설사 실패한 삶이라고 할지라도 그러한 방식의 결론을 도출해서는 절대 안 된다. 그 와중에 아이의 누나가 119에 신고해서 아이는 목숨을 건졌고 아이의 부모들도 자살이 미수에 그쳤다고 하니 참으로 다행스러운 일이다.

자살을 고민하는 다른 사람들의 이유까지 합하면 아마 수백 가지도 넘을 것이다. 그럼에도 불구하고 우리는 살아야 한다. 누군가가 자살을 선택했을 때 주변 사람들은 그로 인해 커다란 상실감과 막지 못했다는 자괴감을 가지게 되는데 누구도 다른 사람을 그러한 고통을 겪게 할 자격은 없기 때문이다. 자신을 위해서도, 자기를 사랑해 주는 주변의 누군가를 위해서도 살아야 한다.

　세상이 토악질이 날 것처럼 더럽고 잔인하고 나만 실패한 인생처럼 느껴지더라도 살아야 한다. 그래도 살아 있는 목숨이라고 살다 보면 좋은 일도 생기기 마련이다. 세상살이를 가만히 들여다보면 오직 나만 고통스럽고, 세상이 나만 미워하는 것이 아님을 알게 된다. 돈이 많든 적든, 권력이 있든 없든 세상살이는 다 비슷하며 우리보다 잘난 것처럼 보이는 그들도 고만고만한 고민들을 하면서 살고 있다.

초판인쇄 2014년 7월 18일
초판발행 2014년 7월 18일

지은이   임선일
펴낸이   채종준
펴낸곳   한국학술정보㈜
주소   경기도 파주시 회동길 230(문발동)
전화   031) 908-3181(대표)
팩스   031) 908-3189
홈페이지   http://ebook.kstudy.com
전자우편   출판사업부 publish@kstudy.com
등록   제일산-115호(2000. 6. 19)

ISBN 978-89-268-6273-5 03810

이담 books 는 한국학술정보(주)의 지식실용서 브랜드입니다.